跌宕之路

蔡松梅 著

天津出版传媒集团
百花文艺出版社

图书在版编目（CIP）数据

跌宕之路 / 蔡松梅著 . -- 天津 : 百花文艺出版社，2023.1

ISBN 978-7-5306-8454-2

Ⅰ . ①跌… Ⅱ . ①蔡… Ⅲ . ①长篇小说 – 中国 – 当代 Ⅳ . ① I247.5

中国版本图书馆 CIP 数据核字 (2022) 第 222531 号

跌宕之路
DIEDANGZHILU
蔡松梅　著

选题策划：王　欣
责任编辑：刘佩莲　　**装帧设计：**图美之家
出版发行：百花文艺出版社
地址：天津市和平区西康路 35 号　**邮编：**300051
电话传真：+86-22-23332651（发行部）
+86-22-23332656（总编室）
+86-22-23332478（邮购部）
网址：http://www.baihuawenyi.com
印刷：唐山富达印务有限公司
开本：787 毫米 ×1092 毫米　1/16
字数：120 千字
印张：12.25
版次：2023 年 1 月第 1 版
印次：2023 年 1 月第 1 次印刷
定价：59.80 元

如有印装质量问题，请与唐山富达印务有限公司联系调换
地址：唐山市芦台经济开发区农业总公司三社区
电话：（022）69381830
邮编：064099

作者序

《跌宕之路》是我第一次尝试写小说，以我十年前的职场经历作为原型，经过加工形成。小说里的人物和故事都因情节需要进行了加工和整合，读者们只需专注在故事本身就好。所谓世间事，都有相似之处，却各有各的不同。

2010 年我通过澳洲移民 475 政策（南澳州政府担保政策）成功移民澳洲，选择南澳的阿德莱德（Adelaide）作为移民目的地，在那里生活了近一年。除了令人心旷神怡的美景、健康优质的食物，我还喜欢当地人的质朴和友善，结识了不少朋友，把那里当作自己的第二故乡。

然而，相对悉尼和墨尔本，南澳属于偏远地区，当地的就业机会很少，加上我是缺乏当地工作经验、不了解当地文化的新移民，要继续自己 HR（人力资源）职业生涯的希望不大。我当时很纠结，要么选择像很多新移民一样放弃自己的职业生涯，重新快速学一个技术养活自己，在阿德莱德云淡风轻地生活直到成为永久居民或澳洲公民，要么放弃身份回国继续自己的职业生涯。最终，我选择了后者。

也就在我刚做好回国决定时，我接到了朋友的电话，说她所在的公司正好要招 HR，问我是否有兴趣。朋友所在的公司是我从 2003 年起就喜欢的公司，尤其是那全球著名的 CEO。我毫不犹豫地答应了，启程回国。

经过几轮面试，我如愿以偿地加入了朋友所在的公司，也就是书中的 DF 公司。在这里，我快速地成长。有运用自己的习得和项目经验，做了职业生涯中的第一次关厂和迁厂（而且是这家公司多年以来情况比较复杂的一次关厂），也有第一次作为谈判代表之一去和国企谈合资、建合资公司，还有做连续的组织架构调整以提升组织效能。这些经历，就像打怪兽通关，我非常享受这些经历中的一个又一个挑战。

在这个过程中，我很幸运地和一批优秀的职场精英共事。和他们一起工作，我的眼界、战略思考能力、系统思考能力和处理复杂问题的能力快速地得到拉伸。至今，我仍由衷地感谢他们对我成长的支持和帮助。

不过，也就在这家公司，我遭遇了职场的滑铁卢。我不仅在工作不到两年就离开了自己最爱的公司，还在这之后踏上了另一条荆棘密布的跌宕之路，此乃后话。

后来，在心理学专业人士的帮助下，我找到了自己的 Pattern（行为模式），这与我幼时成长的经历有关。之所以遭遇了职场滑铁卢，就是因为这个 Pattern（行为模式）。

我时常在想，如果当时就能认知到这个 Pattern（行为模式），能够及时做出调整，结局是否会不一样，后面的路是否也会不一样。

然而，这个世界没有如果，我只能向前看，往前走。后来的日子里，我学习了教练，学习了 OD（组织发展），成为了专业的组织发展和人力资源顾问。我希望用自己的习得，帮助他人和组织少经历一些也许是没有必要的职场滑铁卢。

很快就到 2023 年了，我写下此小说，纪念离开这家公司 10 周年。同时，也分享自己的经验和习得，希望对在职场打拼的人们有所帮助，尤其是对正在成为真正业务伙伴的 HR 们。此外，就外企管理方面的优势和不足，读者们也可以从书中窥得端倪。

蔡松梅

写于上海

楔　子

2013年的2月1日，谢丽后来每每对自己亲近的闺密说起，称它为自己的滑铁卢纪念日。

那天的上海，虽有和煦的阳光，谢丽却感受不到一丝温暖。

她拉着装满自己私人物品的电脑箱，脸上微笑着和自己的同事们告别后，带着剧痛的心和空空的大脑，走出了DF（公司名）的大门。

这是她热爱的公司，用她自己的话来说，DF是自己职场的Mr. Right（正缘）。故事得从2011年初夏说起……

目　录

第一部分　初露锋芒

第二部分　MARS(项目代号)项目

第一部分　初露锋芒

第一节

2011 年的 5 月底，上海已进入初夏。

谢丽坐在从浦东机场驶向市中心的出租车上，窗外的风景快速地向后闪去。她一边沉思，一边去感受这个熟悉但有些链接困难的城市。

虽在澳洲生活的时间不长，但她用每一刻去感受 Adelaide（阿德莱德，澳洲南部的一个城市）那个宁静小城的文化和云淡风轻的日子。她热爱那个城市，也喜欢那里人与人相处的简单、纯粹和友善，把它当作自己的第二故乡。

为了不放弃自己热爱的专业，让自己有更多的发展机会，她选择了回国，尽管这个决定让她有些惆怅。

下周，她将有两个面试机会，其中一个是 DF。她从 2003 年起就喜欢这家超大型跨国集团公司，因为那位被誉为当时世界第一 CEO 的全球领导人，以及它积极向上、尽量减少官僚主义和办公室政治的核心文化。

出租车在天山路上的一个居民小区门口停了下来。谢丽谢过师傅，拉着行李进了电梯，上到15楼。

“Shirley，你总算到了，快进来！”一个干练的短发中年女人满脸灿烂地笑着说，同时给了她一个热情的拥抱。

这个干练的短发中年女人叫Wendy王，是谢丽的闺密，也是她前一家公司的上司。谢丽和她一起工作时，她交给谢丽一个又一个很有挑战性的项目，谢丽在这些项目中获得了很大的成长，尤其是在自己最喜欢的组织发展领域，眼界和能力得到了快速的提升。

谢丽去澳洲移民她是不太赞成的，感觉谢丽有些冒险。不过，当谢丽在澳洲遇到一些不顺心的事向她倾诉时，她总是会说些暖心的话安慰和鼓励谢丽，给她打气，让她坚持住。

“你这次回来是办事儿吗？”Wendy王递给谢丽一杯绿茶，问道。

“不是，这次回来打算不回去了。我很爱Adelaide（阿德莱德），不过感觉在那里没法体现自己的价值。我不想为了移民，像其他人一样采蘑菇、剁鸡，或者是做Nursing（护理），那样我的MBA就白读了。DF这次有机会，我主要是为了它回来的。”谢丽喝了口茶，平静地说。

尽管，此刻她的心中依然有种不确定。毕竟，那个移民身份是她用掉所有的积蓄拼来的。而且，她真的很爱Adelaide（阿德莱德）。

“你一定要下定决心，不要变来变去的。搬家也很折腾，不是从浦西搬到浦东那么简单。”Wendy 王说完，拿起面前刚从冰箱里端出来的葡萄，递给谢丽。

Wendy 王是了解谢丽的。在她看来，谢丽是个热情、心地纯善、很有灵性又很努力的女子。尽管在职场浸泡了快 20 年，雄心勃勃的她依然很正直，坚守自己的底线，这很难得，这也是为什么她和谢丽从上司逐渐成了闺密。对她而言，谢丽就像自己的姐妹和家人。

“是的，我也想。”谢丽答道，接过葡萄，剥了一个含在嘴里，清凉沁甜。

谢丽回到上海的第二周，接到 DF 的面试安排，前后在一个半月里经过了 4 轮面试，7 月中旬，她收到了 DF 的 Offer（邀约函），是 DF 集团下属工业能源 HRBP（人力资源业务伙伴）的职位。同时，她收到了一封来自 Adelaide（阿德莱德）的邮件。这封邮件来自她 3 个月前申请的一家公司，邮件里说职位重开了，希望她参加最后一次面试。

一边是自己爱了 8 年的公司，一边是有很大机会可以延续自己的移民身份，在喜爱的城市永居。那夜，她失眠了。

第二天早上，她打开电脑，回复了 Adelaide（阿德莱德）的那家公司，说自己不去参加面试了。从那一刻，她知道，自己真的放弃了移民身份。同时，她也得偿所愿，加入了她爱了 8 年的公司，DF。

第二节

那天是周一，是谢丽加入DF的第一天。她参加完新员工入职培训，脑子被各种信息塞得满满的。

回到办公室打开电脑，她便看到一封HR（人力资源）职能上司Linda张的邮件。除了欢迎她加入DF，还告知她，自己要在国外休假两周，有什么要紧的事可以下午联系。同时，她在邮件里附上了谢丽入职后30—60—90天内需要完成的任务和工作。

根据Linda张的安排，谢丽要去和DF中国区HR团队的相关成员联系，在了解内部流程的同时和他们建立起关系，以便于日后的工作交流。另外，她还需要和工业能源中国区的业务总监和经理们建立联系，了解工业能源的各条业务线，并与工业能源全球相关的HR团队去联系，告知自己将来是他们在中国的联系人。除这些外，还有各种的政策、流程、网站需要她熟悉和了解。

看着长长的任务单，谢丽在心里嘟囔着："即使24小时不吃不喝，也做不完呀！"她感到自己太阳穴的周围向中间挤压。

不过谢丽是个喜欢啃硬骨头的人。她静下心来通看了任务单，把需要在30天内完成的工作挑了出来并设定了优先项，找到相关人员的邮箱，草拟好联系的邮件，发了出去。

因为工业能源总经理出差在外，谢丽首先和工业能源的几个总监进行了一对一的交流。一轮会议下来，她发现业务线对人力资源部门的支持颇有微词，主要集中在数据的完整和精准、人才招募的速度和质量，以及人才的培训和发展方面。

谢丽觉得奇怪。DF 在 HR 领域的管理放诸全世界也是属于顶级的，尤其以人才梯队的建设而颇负盛名，怎么会出现这样的问题？

带着这个困惑，她在与 DF 中国 HR 团队相关成员开会的时候着重请教了这些问题。原来，DF 在人力资源管理方面虽然体系成熟，也比较完善，但都是在大的环节方面。因为 DF 实在太大了，各个事业群、事业集团和事业部各有自己的流程，而对内部流程的建设和把控，就看相关的 HRD（人力资源总监）和 HRBP（人力资源业务伙伴）们的个人实力了。

一个月下来，谢丽对 DF 中国的 HR 管理体系以及工业能源内部的流程已经比较熟悉。同时，她也运用自己 10 多年积累的专业经验，娴熟地搭建起了工业能源中国的 HR 管理的基础流程和框架。

对此，Linda 张和工业能源团队的管理层都称赞不已，说她的工作效率堪称神速。不过，谢丽对自己能迅速熟悉工作并不觉得有多么欣喜。

在加入 DF 之前，她就通过书籍和相关专业人士的分享对 DF

的体系有所了解。而且，她做事一向高效。在加入上一家公司一个月后，她就在两周内做好了三个 HR 政策，并获得了 Wendy 王的好评。

第三节

这天早上，谢丽依旧八点一刻左右来到公司，路过总经理办公室时，看到 Frank 褚已经在位置上，一边盯着电脑屏，一边快速地在键盘上敲打着。

Frank 褚是工业能源中国区的总经理，谢丽被面试时见过他。在谢丽的印象中，Frank 褚是一个不苟言笑，中规中矩，有着典型工程师思维的管理者。像他这样有着深刻工程师烙印的人能当上一个事业部中国区的总经理，应该归功于 DF 严谨而丰富的领导力培养项目。

“Morning，Frank!”（早上好，Frank!）谢丽轻轻地叩了叩门，跟他打了个招呼。

Frank 褚轻轻地抬起头，向她点了点头，从鼻子里轻声地发出了一个“嗯”的音节。

“Frank，您出差回来了?”谢丽微笑着问道。

“是的，有什么事吗?”Frank 褚看着她，没有表情地回答。

“您这几天什么时候有空，能否给我一个小时，给我做一下部门介绍？我来了以后您一直在出差，现在总算有机会向您请教了。”说完这些话，她有些忐忑。

在之前的公司，这些是由谢丽的职能主管安排好，把自己介绍给相关领导后，和他们的秘书约好时间便一一跟着安排走。Frank 褚是个例外，他不喜欢用秘书，认为那样助长了官僚，这些“杂事”他便亲力亲为。

“这周三下午两点吧，那个时段我有空。”

“好的，那我给您发会议邀请了。”谢丽欣喜地说道。

周三下午两点，谢丽如约来到 Frank 褚的办公室，听他给自己做事业部的介绍。

“我们今年的销售收入和利润率目标是多少？需要的核心组织能力是怎样的？目前的进度怎样？”她一连串地问道。

自从学习了 MBA，她对业务的敏感度比以前强了很多。在听完事业部产品的介绍后，她习惯性地问了这些问题。

“你是 HR，不需要了解这些业务上的事，做好你应该做的支持就行了。”Frank 褚慢条斯理地说。

“Frank，对于这一点我有不同的看法。HR 在 DF 被定义为业务合作伙伴的角色，您也希望我给大家提供有效的支持。如果我对部门的业务情况都不了解，我怎么提供有效的支持呢？”谢丽用她一贯的认真劲儿辩解道。

紧接着，她把自己在之前的公司怎样运用自己 MBA 的习得，在了解了事业部业务战略后基于确定的核心组织能力搭建了胜任力模型，并有效地运用在人才招募和发展方面的经历分享给了Frank褚。

Frank褚静静地听着，有些欣赏地看着她。当初他选谢丽，就是喜欢她身上这种不同于DF内部HR那种少有的激情和认真。用他的话说，DF内部的HR一个个都是人精，过于圆滑，都“坏”掉了。

“这样吧，我让Willy发给你一些信息。不过这个你自己看就好了，不要再转发给其他人了。”Frank褚说。

Willy姓范，是工业能源的财务总监。在谢丽的印象中，Willy范不属于那种典型的刻板财务人员。他有着一张国字脸，对人很和善，笑起来的时候眼睛发亮，嘴角呈现出像弦月的好看弧度，用一个英文词来描述他的风格，就是“easy going”（随和），很容易让人接近。

过了两天，谢丽果然收到了Willy范发给她的邮件，附件正是2011年工业能源的战略规划。

她刚把附件下载下来存好，Willy范就在她门上轻轻地敲了两下。

“你和你的邮件真的是等速呀!”谢丽抬起头，笑着夸张地说。

“Frank的指示，一定要尽快给到你。”Willy范倚着门说，并没有想要进来的意思。

“你看了有什么不清楚的地方随时找我。我到BU（事业部）3

年了，这个信息我们在管委会上一般不会公布，你是第一个他愿意给这个资料的 HR，挺厉害的嘛！”

“管委会上都不分享吗？为什么？”谢丽有些吃惊地问。

“Frank 说这是非常 Confidential（保密）的信息，不愿在管委会上分享。我刚来时因为在管委会上分享了 BU（事业部）季度的完成情况，还被他骂了一次。”

听 Willy 范这样说，谢丽若有所思地回了句：“哦，这样呀。”

在她的经历中，尤其是在上一家公司，公司的副总裁每个季度会定期给员工分享公司的业务目标、市场情况、工作重点及对员工的期望，一些有想法的员工也会利用这个时机提问或提出建议，他都欣然作答或认真记录。

后来，这位副总裁给 HR 团队做分享时解释了这样做的原因。除了必要的信息透明，还能让员工了解到努力的方向和意义。

DF 以其管理者的领导力享誉全球，她理所当然地认为 Frank 褚也应该和上家公司的副总裁一样，愿意和大家分享这些业务信息，并激励大家努力去达成目标。Willy 范的最后一句话不仅让谢丽感到吃惊，同时也让她意识到自己在这家公司将面临的挑战要比预想的多。

和 Frank 褚交流越多，她越感觉到 Frank 褚在 DF 一定经历过什么，否则他不会如此谨小慎微。她看过他的简历，发现他曾经短暂地离开过 DF 半年，然后又回来。至于当初为什么要离开后来又为什么要回来，她想以后找机会问问 Linda 张就能弄明白。直觉告诉她，虽然 Frank 褚现在愿意和她交流，但现在还不是问他这个问题的正确时机。

后来在一次和 Linda 张开电话会议的过程中，她说起了这件事，并加上了自己的评语："就事论事而言，我觉得 Frank 的领导力需要提升。"

Linda 张听后，说了这么一段话："我们也觉得是这样的，他毕竟是研发出身，有时过于谨慎。你观察力蛮敏锐的嘛，才来了一个月就有这样的认知。"

听自己的上司这么说，谢丽没有觉得很欣喜，反而觉得自己有些冒失和轻率。

这天，谢丽趁和 Frank 褚交流时，装作不经意地提到自己之前公司副总裁的做法，还把自己读 MBA 时的一些财务习得分享给了他。

看着 Frank 褚脸上少有的笑容，她大胆地提议让 Willy 范以后每个季度在 BU（事业部）的管委会上分享相关的业务数据，确保各相关经理获得的信息是一样的，这样可以一起讨论问题并提出解决方案。

"这些信息很敏感，一不小心泄露给竞争对手就麻烦大了。你不知道，我们有些经理很不成熟，自己部门人员的名单和电话都给了猎头。" Frank 褚扶了扶脸上的眼镜，正色地说。

"那你让 Willy 筛选一下，只分享那些不太敏感的信息。而且，我们也可以在会议上强调信息保密的重要性。这些经理都是成年人了，应该能理解的。”她半请求半撒娇地说。

“我考虑一下。”Frank 褚没有马上答应她，不过也没有完全拒绝她。

在随后的季度管委会上，Willy 范给在座的总监和经理们分享了相关的业务数据，并对一些情况做了较为深度的分析，督促各业务负责人注意固定成本的管控。

这些总监和经理们都露出了惊讶的表情。谢丽知道他们并不是不了解事业部的业务状况，而是因为在管委会上看到了这些往常只能一对一分享的信息。她很欣喜地看到这个进步，也为自己带给 Frank 褚的影响而欢喜。

第四节

这天下午，市场营销部总监 Silvia 薛来找谢丽，给她讲了“在中国为中国”的一个项目。

这个项目是中国区发起的，旨在帮助各事业群在中国拓展业务。为此，中国区愿意承担相关的人员费用，让各个事业群报人数。工业能源事业部隶属于能源事业群，需要在这个月底把人数报过去。Frank 褚在外面出差，Silvia 薛是“在中国为中国”项目组成员，所以就让她来负责这件事。

“好的，我知道了。我再问问 HR 这条线的负责人，然后就开始着手办理。”谢丽利落地回道。

待 Silvia 薛走后，她很快找到了 Linda 张了解这件事。Linda 张说的确有这个项目，并把 HR 这条线负责人的名字和电话给了她。她顺利地找到了 HR 方面的负责人。交流下来，她才知道这个项目的人员费用中国区只负责一年，一年后要转回给各事业部自行承担。

谢丽想起前两天工业能源全球人力资源副总裁在会议上分享的不太理想的业务状况，和要求立即冻结非预算内人员招聘直到明年的要求，并提到即使是预算内的新增人员也需要 BU（事业部）全球人力资源副总裁和 CEO 的批准，她对“在中国为中国”人数的申报开始犹豫了。

待 Frank 褚回来，她立即找他说明情况。

“你往上报就是了，Global（全球总部）他们又不知道中国的情况，中国区给支持我们干吗不要！”

“可是一年后就要我们 BU（事业部）自己负责，整个事业部都在压缩开支，Global（全球总部）已经在冻结 Headcount（人员名额）了，到时我们到哪儿去要钱来养这些人？我手上现在已经有 25 个人员的申请了。”谢丽辩道。

“明年业绩做上来不就有钱了吗？你是我们的 HR Leader（人力资源负责人），要支持我们，尤其在招聘这个方面。你前任也经历过这种事儿，她就能把人招进来。”Frank 褚有些恼了，语气间透露出不客气。

谢丽有些沮丧地回到自己的办公室，拨通 Linda 张的电话和她讲了刚才与 Frank 褚的争执。

“你的前任就是太帮他们了，把他们惯坏了。那次全球冻结 Headcount（人员名额），你前任没有跟我和全球人力资源副总裁说，以第三方合同工的形式把人招了进来，人员的工资结算也以运营开销的形式支付。后来，有个员工因为对自己的工作不满闹了起来，我们才知道了这件事，这也是你前任离开公司的原因之一。她瞒着我做了很多事，Frank 又很喜欢你的前任，你要注意。”

Linda 张在电话那头不紧不慢地说，最后一句话是个善意的提醒。

谢丽听完这席话，一边慨叹自己前任的做法真够“胆儿肥”的，一边思考自己该怎样破这个局。

当天下午，谢丽给全球人力资源副总裁发了封邮件。除了汇报 DF 中国区“在中国为中国”项目的详细情况，还告知了自己手上已经有 25 个人员的申请，同时附上了申请理由。

全球人力资源副总裁很快回了邮件，说很快会和全球 CEO 开会讨论一下这件事情，并要求谢丽与各申请人做一次详谈，看哪些岗位是必需而重要的，哪些不那么紧急。

谢丽与各职能部门和产品线的负责人又一一过了一遍，依然有 18 个人员是必需且重要的。她把这个情况向全球人力资源副总裁再次做了汇报，同时向 Frank 褚说明了这个情况。

“你下次向 Global（全球总部）汇报之前先和我打个招呼，那天 Global CEO 打电话找我问这件事搞得我很被动。”Frank 褚冷冷地说。

“哦，我以为把邮件抄送给你，你就知道我在跟 Global（全球总部）说这件事。”谢丽说。

“我每天都会接收 200 封邮件，哪儿看得过来！”Frank 褚愠怒道，因为声调的提高声音显得有些尖利。

“好的，我一定注意！”谢丽因为心虚，低低地回道。

不久，谢丽收到了全球人力资源副总裁的邮件，这封邮件也同时抄送给了 Frank 褚。

全球人力资源副总裁说鉴于 DF 中国的政策和工业能源中国明年的发展，经与 Global CEO 商议，他们同意给中国区 13 个人员的 Headcount（人员名额），并需要增加到预算里去。其他的细节，由谢丽与 Frank 褚自行商议决定。

谢丽看完邮件，松了口气。想着至少有 13 个人员的 Headcount（人员名额），好好规划一下也可以满足业务的需要。她满心喜悦地走到隔壁 Frank 褚的办公室，问他有没有看到这封邮件。

Frank 褚的反应很平淡，说了句“看到了”，然后又跟了句：“你打算怎么分配呢？我们原来要的是 25 个人。”

“这样吧，我跟几个销售总监以及 Silvia 再深入地谈一下，然后向你汇报怎样分配。”

谢丽说到做到，三天下来，她已经完成了 Headcount（人员名额）的分配建议，其中市场营销 2 个、研发 2 个，剩下的都给了各产品线的销售。

Frank 褚对这样的分配没有太多的表示。对他而言，只要销售和市场营销这两个重要部门能接受，他也就没有太多的异议。

然而，他依然感觉到有些不舒服。从这段时间和谢丽的合作来看，他感受到了她的专业和激情。不过对他而言，谢丽显然不是个“很听话”的下属。

第五节

时间过得很快，谢丽加入 DF 已经三个多月了。

周二下午，照例是谢丽和 Linda 张的电话会议。想着自己来了三个月，还没有到北京公司去看过 Linda 张及工业能源在那儿的 10 来个员工，她跟自己的上司提出了想去那边看看的想法。

Linda 张出人意料地拒绝了她，说自己在北京就可以了，如果没有特别重要的事儿，不需要她到北京来，省点儿差旅费。同时，她还给谢丽说自己有可能近期会被调走，专门负责一个合资项目，且这个合资项目和工业能源有关。

谢丽问 Linda 张她调走后谁来接手她的工作，Linda 张说应该是 Harris 杜。

想着 Linda 张将在近期调走，谢丽心中有些失落。虽只在一起工作了三个多月，但她给谢丽的感觉是温和、圆融和善解人意的，两人的关系也慢慢近了。

同时，她又想到了 Harris 杜。她对 Harris 杜基本不了解，只是在能源事业群的组织架构上见过他的照片。照片上的他留着平头，一张瘦削的脸上嵌着一双灵动的大眼睛，一看就是非常精明的人。

她听 Linda 张说 Harris 杜快 40 岁了，比自己小一岁。他做事非常冷静理智，对人与人之间的关系非常敏感，人际交往能力很强，善于洞察人心，团建时喜欢陪女孩子逛商店。

想到这里，谢丽把能源事业群的组织架构图打开，再一次和 Harris 杜那双灵动的大眼睛遭遇。不知为什么，她对他有种似曾相识的感觉，觉得将来和这个人的交情一定不会太浅。

能源事业群的新组织架构很快就出来了，Linda 张如她自己所说，成为整合项目团队的 HR 负责人，专门负责并购合资相关的 HR 事务。同时，工业能源事业部并入能源管理集团，谢丽向能源管理集团亚太区 HR 总监 Harris 杜汇报，Harris 杜同时兼任能源管理集团属下的能源转换事业部亚太区的 HR 负责人。

紧接着，谢丽便收到了 Harris 杜的邮件，说自己在出差，让她和能源转换事业部的 HRBP（人力资源业务伙伴）联系一下，一起处理一件交通补贴方面的事儿。

“反应够快的!”谢丽这样想 Harris 杜，想见到新上司的愿望更强了。

第六节

一个阳光和煦的下午，谢丽正在办公室里对着电脑快速地写邮件，忽然门被轻轻敲了两声。抬头一看，只见 Harris 杜正满脸堆笑地望着自己。

他穿着一件海蓝色的衬衣，灰色的西裤被熨烫得很平整，一双灵动的大眼睛看着谢丽，让她觉得很温暖。

“Harris，你出差回来了?”谢丽赶紧起身去和 Harris 杜握手，把他迎进办公室。

Harris 杜很自然地在谢丽对面坐下，待谢丽落座后，他问了一句:“你好吗? 做得开心吗?”

谢丽没想到他会这样开启和自己的对话，愣了一下，笑着说:“还可以吧，我蛮适应的。”紧接着，她把自己这三个月来所做的工作以及自己的心得简要地给 Harris 杜做了汇报。

也许 Harris 杜的问题太突然，又或许是第一次和这个善于洞察人心的新上司交流，谢丽显得有些紧张而局促。

“你需要我怎样帮你?”Harris 杜笑着又问，整个人看起来淡定而儒雅。

“现在暂时没有，有需要我一定向您请教。”谢丽下意识地回答。这是她和Harris杜的第一次见面，没有被事先告知，她不喜欢在这种被动且没有准备的情况下谈太多，更别说提需求了。

“好的，有什么需要就告诉我，今天我们就先谈到这儿吧。”说完，Harris杜站起来准备离开。谢丽赶紧走过去送他，尽管他一再笑着说“留步、留步”。

谢丽回到自己的座位上，回想刚才和Harris杜的交流，她觉得这个儒雅的新上司身上除了有种电视剧中旧文人的气质，隐约间还有点军人范儿。她的这种感觉后来被Harris杜自己证实了，他对谢丽说自己的父亲是军人。

Harris杜不是土生土长的上海人，祖籍在江苏。他父亲参军后就在上海当兵，因为在部队表现很好，一路升迁，在担任团长时退了休，把家安在了上海。母亲在一家国企里做财务工作，为人非常谦和、包容，也在最近退休了。

也许习惯了和思想传统、性格强势的父亲对抗，职业初期时的Harris杜棱角分明，大学毕业后受不了国企的死气沉沉，就毫不犹豫地辞职下海了。加入DF前曾在三家公司工作过，一家民企，一家欧洲公司。后来加入到了一家美国小型医疗器械公司，在这里他遇到了自己职业生涯转折点的贵人Candy蒙。

Candy蒙是Harris杜在这家美国公司的上司，是个典型的专业功力深厚、以人为本的人力资源总监。她不仅平常说话温言细语，也善于管理自己和他人的情绪，很少看到她和他人发生激烈的争执。

她特别喜欢意气风发、聪明灵动的 Harris 杜，不仅在日常的工作中精心教导他，也给了他很多机会磨炼成长。在这位贵人潜移默化的影响下，Harris 杜越来越喜欢看哲学和国学书籍，尤其喜欢黑格尔和南怀瑾两位作家。同时，他的行事风格悄悄发生着改变，渐渐收敛起了锋芒，开始变得圆融起来。

Candy 蒙后来加入了 DF，成为 DF 大中国区领导力中心的总监。在她的大力引荐下，Harris 杜也加入了 DF。后来 Candy 蒙因为战略调整离开了 DF，Harris 杜则想方设法留了下来，在 DF 待了近十年，运用越来越娴熟的人际交流技巧和善于洞察人心的优势，形成了自己的关系网。

第二部分 MARS项目

第七节

国庆假期后上班的第一天，谢丽收到了 Lauren Gramont 的邮件。Lauren Gramont 是 DHI（公司名）全球人力资源副总裁，这家公司的主要产品是空气过滤器及一种热能膜，十年前被 DF 收购后并入了热能事业部。

Linda 张没有调走前兼管工业能源和 DHI，谢丽加入后 Head-count（人员名额）虽算是工业能源的，同时也要兼管 DHI。按照 Linda 张当时的要求，她仅需两周去一次 DHI 在上海外高桥的工厂看看即可，不需要做太多的工作。

Lauren Gramont 8 月初来过上海一次，谢丽和 DHI 的厂长 Willis 董一起接待了她，她对这个笑容有些像初中英语课本上慈祥老太太的全球人力资源副总裁有很好的印象。

Lauren Granmont 在邮件中对她说，经 DHI 新上任的全球 CEO 与董事会商议，他们决定停止热能膜在全球的业务，仅保留空气过滤器这条产品线。

鉴于此，DHI在上海外高桥的工厂也会被关闭，其中一部分设备卖给韩国经销商，空气过滤器的那条生产线转移到上海的其他工厂。她希望谢丽能够帮助关闭工厂，同时支持生产线的顺利转移。有任何需要她帮助的，随时和她联络。

在邮件的结尾处，Lauren Granmont 设了个电话会议，时间是这周四晚上7点半，说会在会议上告知她具体信息。

"Shirley, how are you doing?"（谢丽，你好吗?）Lauren Gramont 热情地问候谢丽。

"I am good, thank you!"（我还好，谢谢你!）谢丽笑着回道。

两人互相问候后，Lauren Granmont 开始给谢丽讲项目的细节。

这个项目被称作MARS（项目代号），Oliver Jones 为全球项目负责人。DHI的全球CEO希望明年1月能完成热能膜业务关闭的相关工作，包括上海工厂的关闭。

至于谢丽的工作，她只需要在工厂宣布关闭那天去支持Willis董，比如给员工做相关介绍，让他们接下来把设备拆卸打包运到韩国，或把生产线迁移到上海别的生产场地，并在之前协助Oliver Jones 在上海寻找新生产场地。

谢丽听完她的叙述，感觉他们把在中国关闭工厂的过程想得太简单了。

当员工被通知工厂要关闭了的时候，有多少人还会愿意留下来继续生产以确保销售不被影响？有多少人愿意留下来拆卸打包设备？他们更多的是拿了补偿金就到外面找工作去了。再有，空气过滤器生产线的新场地还要现找，相关的生产产线工人怎么办？是让他们随着生产线搬迁还是给离职补偿金？另外，怎么与工会及当地劳动局和政府部门沟通？

谢丽以前没有处理过关厂这种事儿，不过她的专业知识和直觉告诉她这个项目应该是一项复杂的大工程，她一个人的力量是完全不够的。

她很有礼貌地告诉 Lauren Granmont 这件事应该要通知 Annie 杨。因为两周前的组织调整，DHI 工厂并入了能源事业群的大供应链系统做统一管理，Annie 杨则是 DF 中国大供应链的人力资源总监，Lauren Granmont 欣然同意。

Annie 杨听了谢丽的汇报，同意谢丽的看法，这个项目的确是一项复杂的大工程。一次会议上，她和谢丽向 DF 中国区人力资源负责人常欢做了汇报。

常欢说之前做过类似的项目，稍后会把当时的准备材料分享给她们。同时，鉴于项目的复杂性，她建议 Annie 杨成立一个项目小组，除了谢丽，还应有负责宣传以及与政府和工会沟通的专业人员。

Annie 杨想着谢丽还要负责工业能源的日常工作，就让自己的助手 Darren 郑做项目经理，谢丽作为项目的关键成员协助他，为他提供相关信息和建议。

第八节

不久，Oliver Jones 到了上海，和 Willis 董、Annie 杨、Darren 郑以及谢丽见了面，同时邀请了 DF 中国负责政府事务的杨红和公关媒体交流专员 Lily 高一起参与会议。

会上，Oliver Jones 给大家讲了项目的背景以及需要大家提供的支持。Annie 杨说自己已经和能源事业群莘庄工厂的厂长说了这件事，具体细节需要 Oliver Jones 和厂长商议。

杨红说关厂涉及工人就业问题，需要和外高桥相关部门及劳动局说明。鉴于此事的敏感程度，需要把握好恰当的时机，否则员工们有可能从其他渠道听到消息，带来不必要的混乱。

Lily 高说自己会根据 Oliver Jones 刚才的陈述草拟沟通函，不过需要更细致地规划受众。毕竟项目分几个阶段，每个阶段的沟通内容会有所差异，一不小心就会带来不该有的意外。

于是，Darren 郑和谢丽开始着手准备项目计划。

照理说，Darren 郑是项目经理，应该他先起草项目计划。但他说自己是第一次做这种项目，没有经验，把 Annie 杨原来类似项目的版本给了谢丽，让她先做一个出来，两人一起讨论，还加了一句，说自己对关厂这种项目没太多兴趣，更希望做 M&A（兼并收购）的项目，那个更有意思。

谢丽知道 Darren 郑说的那个 M&A（兼并收购）项目，就是 Linda 张在负责的合资项目。这本来是工业能源的合资项目，怎么可能让供应链人力资源总监的助手去参与？不过 DF 实在太大了，这样的人员调整不是没有可能。

谢丽盯着 Darren 郑那张笑起来有些像某男演员的脸，感觉这人有点油滑。她没有说太多，接下了草拟项目计划的任务。

Annie 杨对 Darren 郑和谢丽草拟的项目计划很满意，于是带着他俩向常欢和能源事业群亚太区高级人力资源总监 Nadia Perez 做了汇报。

常欢提醒他们要和 Oliver Jones 再校对一下进度，Nadia Perez 问了一下莘庄工厂的情况，说如有需要，她也可以出面和莘庄工厂的厂长商议此事。

在 Annie 杨一行人正准备离开 Nadia Perez 的办公室时，他们迎面碰到了 Harris 杜。Harris 杜还是那张笑容可掬的脸，亲切地和他们打招呼。

Harris 杜也知道 MARS 项目的事儿，就和他们说，如果需要帮忙，和他说一声。Annie 杨笑着点头说了声“好的”，就带着一行人离开了。

谢丽那天听 Harris 杜说可以帮忙，以为他是客套，也没放在心上。这天下午，Harris 杜把谢丽叫到自己的办公室，问起 MARS 项目进度的情况。谢丽说刚做好项目计划，并把计划拿给他看。

Harris杜看完计划，说少了一个重要的步骤——人员盘点和风险管控。于是，他讲起自己做组织变革的经历，尤其重点讲了如何应对一些刺儿头和鼓动人心的小部分人的办法和经验。

他在组织变革方面是栽过跟头的。那是他在DF工作时的第一个事业部，因为战略调整，这个事业部从全球总部到地区都要卖给DF在同行业的竞争对手，当然也包括中国区。当时的他没有太多经验，除了尽量做好保密工作，没有提前做更多的准备。

后来，事业部要被卖的消息被媒体报道了，整个中国区乱成了一锅粥，还出现了工厂员工罢工的现象，他费了九牛二虎之力才使这场战略调整得以在中国区顺利进行。当然，不愿去竞争对手那里工作的员工的离职补偿金也大大超出了预算。这件事给了他很深刻的教训，所以对组织变革的相关事务格外小心。

“他们都不是坏人，主张自己的利益也可以理解，不过他们的煽动性很强，一不小心就容易把气氛带歪。所以，在做组织变革时一定要先把这些人识别出来，选择正确时机和方法攻破其中几个带头的，后边的事儿就好办很多……”Harris杜一脸严肃地对谢丽说。

接着，他还把自己当初做组织变革的一些文档调出来，复制在U盘里，交给了谢丽。谢丽满心感激地接过U盘，真诚地对Harris杜道了声“谢谢”。

Harris杜看着谢丽离开，眼里的笑容暗淡下来。他起身在自己的茶壶里加了些热水，把茶水倒进了一个土陶色的主人杯里，凝神喝了两口。

和谢丽多次接触下来，谢丽给他的印象是热情、干练又单纯，看问题不是太深。如果没人提醒，她很可能在DF里栽跟斗。对他来说，谢丽是一棵好苗子，好好培养一下是可以更上一层楼的。所以，即使MARS这个项目不是自己负责，他也决定要好好帮帮谢丽。

第九节

MARS项目按计划向前推进着，厂长Willis董被首先确认为需要保留的关键员工，帮助关闭工厂和转移生产线。谢丽和Darren郑做了关键人员保留计划，Annie杨和法务审批通过后，请他签了保留协议。

根据保留协议，Willis董需要留在DHI工作直到关闭工厂的所有流程完成，预计时间到2012年的10月。如需延长，双方再根据实际情况商榷最后期限。

另外，为了答谢Willis董在项目中的贡献，公司承诺帮助其在DF内部寻找适合的内部机会，同时支付人民币20万元作为给他的特殊奖金，该奖金分三次支付（第一次支付是正式宣布日的第二天，第二次支付是生产线完成搬迁时，第三次支付是所有流程完成时）。

协议中还提到，如果Willis董在关厂过程中离职，公司将依据受关厂影响的离职员工的待遇支付其离职补偿金，他将不再享受特殊奖金，已经支付的部分需退还给公司。

Willis董仔细看了协议，很爽快地签了。后来他对谢丽说，自己很喜欢DF公司的文化，在这里工作十多年了，有很深的感情，是不会轻易离开的。即使没有特殊奖金，他也会把关厂的流程负责到底。凭自己在这里十多年的经历、绩效表现和人脉，要在DF留下来并不难。所以，是否给特殊奖金他倒不那么在意，不过给了说明公司对自己很重视，他很感激。

有了Willis董的帮助，谢丽和Darren郑很快启动了对DHI工厂所有员工的盘点。首先，他们在Annie杨的帮助下，确定了四类人员筛选的关键元素：

（1）外包合同工——这种类型的员工由上海外服负责相关流程和补偿；

（2）绩效——员工在过去一年的绩效为“不令人满意”和“有待提高的”，划入需离职的人员名单；

（3）生产线——员工在需保留生产线上工作的，将继续被保留；在需被关闭生产线上工作的，将被归入需离职的人员名单；

（4）其他——对于那些因特殊原因需被保留，或因特殊技能需被保留的员工，将单独讨论后再做决定。

同时，他们根据项目推进的进展，把员工分成了五类：

A类：生产完成时离职的员工；

B类：机器设备打包完成时离职的员工；

C类：工厂归还给土地所有单位时离职的员工；

D类：随空气过滤器生产线保留的员工；

E类：不因MARS项目影响而离职的员工，譬如退休或劳动合同到期不续签的员工。

在做人员盘点时，他们重点对夫妻双方都在公司、家庭困难的员工进行了筛选，除尽量保证夫妻双方不要同时失业外，对于家庭有困难且绩效表现不错的员工也单独列了出来。

就这样，他们在A/B/C类员工中挑出了25名员工，白领和蓝领员工都有，预备在适当的时机帮助他们在DF内部的其他事业部寻找合适的工作。

名单有了，接下来就是离职补偿金。MARS项目分了四个阶段完成，流程长且复杂性高，Annie杨和Harris杜所提供的过去相类似的操作办法都没有太多的参考性。于是，以国家《劳动合同法》的法定规定为基础，谢丽和Darren郑讨论了一个上午，提出了新的方案——“法定离职补偿金＋额外补偿＋特别补贴”。

1. 额外补偿

额外补贴用以表示DF对离职员工的关怀，将依据以下情境发放：

（1）员工在DF工作的服务年限；

（2）在特殊时期（怀孕、产假、哺乳期）的女员工；

（3）患有重病的员工；

（4）50岁以上的员工；

（5）劳动合同在公布关厂之日起一个月后到期的。

服务年限	额外补偿
小于3年	1个月工资
≤3年<5年	1.5个月工资
≤5年<10年	2个月工资
≥10年	3个月工资

*对于50岁以上的员工，除了基于服务年限的额外补偿，再增加一个月工资作为额外的补偿。

2. 对于在特殊情况下的员工

特殊情形	额外补偿
特殊时期（怀孕、产假、哺乳期）的女员工	7个月工资
患有重病的员工（依据在医疗期员工的待遇）	12个月工资
劳动合同在公布关厂之日起一个月后到期的员工	1个月工资

3. 特别补贴

对于那些工作到工厂关闭流程结束且最终离开公司的员工，除“法定离职补偿金＋额外补偿”外，每人再增加一个月工资作为特别补贴。

除了这些方案，他们基于一些可能的情况做了以下限制：

（1）员工在项目期间拿到了DF内部Offer（邀约）并转岗的员工，不享受任何补偿金；

（2）员工接受离职补偿后不得在一年内被DF任何事业部或合

资公司聘用，如被聘用，员工需按比例归还离职补偿金；

（3）上年度绩效评估为“不满意”的员工，将不支付额外补偿，对于上年度绩效评估为“有待提高”的员工，将单独讨论后决定。

他们把这个方案写入 HR 的项目计划中，向 Annie 杨、Nadia Perez 及能源事业群的法务做了详细的汇报，一周后，他们的方案得到了批准。谢丽听法务说，公司基于他们的方案再次优化，形成了整个中国区做组织重构的标准模型，称赞他们为 DF 创建了一个很好的基础。

谢丽看到方案被批准的邮件，不觉心生感慨。在之前的公司她也经历过类似的组织调整，不过能把每个细节都考虑得如此细致，同时又兼顾对员工的关怀，市场上像 DF 这样的公司在当时并不多见。

这一阵儿她虽然做得很辛苦，不过觉得很值得。对她来说，这样的历练是可遇而不可求的。

第十节

MARS 项目井然有序地向前推进着。在 Willis 董的安排下，又有一些部门经理签了保密协议书，对 MARS 项目有了了解，并且知道了哪些人包括他们自己应该在哪个阶段离开。他们也从Willis董那里听说，公司会帮助他们在DF内部寻找合适的机会。

Alicia胡今年45岁，是DHI的财务经理。她从大学毕业后就加入DHI前身所在的公司。10年前这家公司被卖给DF成为DHI后，作为财务经理的她也随着公司加入了DF。

她虽为人和善，不过工作作风非常严谨，就事论事，不会因为对方职位的高低而有所偏移。对于这一点，谢丽是领教过的。

那次税务部门要求提交人员费用以供审核，谢丽提交的报告被Alicia胡打了回来，因为手机话费放错了科目。谢丽辩解说这是公司发的福利，是以报销的形式提取的，不用算到属于纳税的人员费用里去。Alicia胡把打印出来的税务新政策递给了她，告知她这也是员工的收入项目，应该要缴纳个人所得税，谢丽只好照做。

算起来Alicia胡在这里已工作了20多年，对公司和同事有着非常深厚的感情。当被告知MARS项目时，她一脸的错愕和失落，脸色发白，几乎从椅子上滑下去，仿佛生了一场大病。

她对谢丽和Willis董说，知道DF的特色是“一直不变的是一直在变”，组织架构的调整是家常便饭，不过轮到了自己她还是觉得如晴天霹雳一般，很难适应。她还保证自己会遵守保密协议，不会把项目泄露出去。

春节渐渐临近了，DHI按照往年的常规有个团体的春节晚会。今年来的人特别齐整，连在香港工作的销售人员也专门过来参加，其中的意义不言自明。

欢快的群体游戏过后，在 Willis 董的鼓动下，谢丽给大家唱了一首《家乡》。因为是临时兴起没有背景音乐，她就清唱。

这首歌她太熟了，歌词早已烂熟于心。她婉转地唱着，看着眼前为她拍掌和音的同事，想起 MARS 项目的进度，歌声里多了一丝惆怅。

一曲唱完回到座位上，谢丽看到 Alicia 胡在用面巾纸抹眼泪。她拍了拍 Alicia 胡的肩，Alicia 胡低头说自己没事。想着这是和大家最后在一起的春节晚会，她觉得有些伤感。

Willis 董也拍了拍 Alicia 胡，并给了她一个深深的眼光，希望她能整理一下自己的情绪，不要让大家觉得异样。Alicia 胡心领神会，用面巾纸再次擦了擦脸，拿起筷子夹了一口菜送进嘴里，停止了流泪。

谢丽懂得 Alicia 胡的心境，毕竟有 20 多年的交情，不是说散就能散的。尽管能理解，不过她还是有些担心届时和员工交流时 Alicia 胡是否能把控好自己。一旦情绪失控，离职面谈就很难继续下去了。想到这里，她不免忧心忡忡。

谢丽把自己的担心同 Darren 郑和 Willis 董一起分享了，Willis 董说 Alicia 胡是个非常专业的领导者，应该可以自我管理，他会去和 Alicia 胡沟通，让谢丽和 Darren 郑放心。

Darren 郑说现在可以暂时把她划入面谈经理的名单里，在正式公布前会对这些面谈经理进行培训，到时看培训的情况再定，谢丽心想也只能如此了。

第十一节

随着MARS项目宣布工厂关闭的日期越来越近，谢丽和Darren郑更忙了。

考虑到复杂而大量的文件准备工作，HR SSC（人力资源共享服务中心）派了一个叫Jessica刘的人力资源专员专门协助这个项目所有文件类的工作。即使如此，他们的工作量依然巨大。于是，除了负责能源事业群的HR SSC（人力资源共享服务中心）经理Jerry张也加入了进来，谢丽把自己部门的实习生Vida孙也拉入了项目团队。

这天早上，谢丽觉得自己的头晕沉沉的，浑身发软和发热，怎么也起不了床。她知道，一定是最近太忙了，免疫力下降，需要休整一下。

于是，她给Harris杜发了消息说自己身体不舒服，明天再去公司。

过了一小会儿，Harris杜回了她的消息，只有一个拼音“Hao”，没有额外的词。她的头实在太晕了，根本没心思多想，继续昏昏沉沉地睡着。

正昏睡着，她被响亮的手机铃声吵醒，是Darren郑打来的。

“Shirley，你在哪里?”Darren郑大声地在电话那头问她。

“我病了，在家里，明天去公司。”她耳朵贴着手机，闭着眼睛低低地回道。

“病了?！你真想得出来！快起来工作！我要找你开会，还有一堆文件要草拟。”Darren郑严厉地在电话那头说道，根本不在乎谢丽是否病了。

听到Darren郑如是说，谢丽的头都快炸了。

Darren郑比谢丽小7岁，30岁出头，血气方刚。加入DF前，他在一家欧洲公司工作了8年。

一次他给谢丽分享自己的经历，说自己在原来那家欧洲公司工作时最初是在生产运营部门，先是管工人，然后管质量，后来因为HR部门缺人，于是自己就转了过去。虽然做HR相关的工作让自己变得圆融，不过在生产运营部门工作形成的强势融到了他的血液中。

和谢丽相处下来，Darren郑觉得她虽然比自己大，专业造诣和经验也比自己丰富，但对人的拿捏不如自己游刃有余，于是开始在工作中偷奸耍滑，对她说话也渐渐不那么客气。

“我需要休息，会议明天再开吧。”谢丽没心思和他争辩，简单而直接地回了一句，继续昏昏沉沉地睡觉。

临近中午11点，谢丽醒了。她感觉自己有了体力和精神，起来冲了个热水澡，吹好短发出发去公司了。

谢丽租的房子离 DF 不是太远，在不堵车的情况下，打车 15 分钟就到。当时接受了 DF 的 Offer（邀约）后，那时的上司 Linda 张知道她刚从澳洲回来，怕她不熟悉公司周边的情况，还问她是否需要 HR SSC（人力资源共享服务中心）的同事帮忙在公司周边找房子。

在上一家公司，她租的房子离公司太近，走路 10 多分钟就能到，所以她经常在公司做到很晚才离开。这次，她希望自己的生活空间可以与工作地点分开，于是自己在联洋片区找了套二居室的房子住下。

谢丽回到公司，正值午饭时刻。一进大门，她遇到了 Harris 杜。

"Shirley，你不是生病了吗？" Harris 杜想起早上接到谢丽的短信，看到她出现在公司，甚觉奇怪。

"Darren 郑叫我回来开会！"谢丽回道，语气中透着些许怨气。

"一起吃午饭吧！" Harris 杜见状，猜到谢丽和 Darren 郑之间有问题，便邀请她共进午餐，想了解下事情的来龙去脉。

谢丽也觉得腹中饥饿，便和 Harris 杜一起向公司的食堂走去。

听谢丽讲述了赶过来的原因，坐在对面正在低头吃面的 Harris 杜扬起头来，提高了声音说："他怎么对你这么 Harsh（严苛）？"这个他，自然指的是 Darren 郑。

谢丽低着头，往嘴里塞着饭菜，没有回答。

"这样吧，我找机会和他谈谈。"说完，Harris 杜挑起一夹面往嘴里送。

Harris杜对Darren郑是有所了解的。Darren郑最早到DF面试的第一个机会是能源转换事业部的HRBP（人力资源业务伙伴），Harris杜见完他后觉得这个候选人工厂管理经验虽然丰富，不过风格有些硬朗，不适合做管理事业部的HRBP（人力资源业务伙伴），更适合管理工厂，所以没有给他Offer（邀约）。

后来，DF中国的大供应链部有了供应链人力资源总监助手的空缺，Darren郑的风格与这个岗位倒蛮契合，而且吃过一次亏的他在面试时收起了自己的锋芒，变得很圆融，很讨大供应链人力资源总监Annie杨的喜欢，就留下了他。

现在，这个小子露出原形，竟然欺负起谢丽来了，且谢丽是自己喜欢的下属，Harris杜心里非常恼怒。他决定要替谢丽撑腰，找个机会好好警告一下这个不知天高地厚的臭小子。

第十二节

和Harris杜吃完午饭，谢丽回到办公室把随身带来的包放下，打开电脑，下到三楼去找Darren郑。

Darren郑正斜歪着身子拿着手机回信息，看到谢丽进来，面带微笑地问：“你病好了？”语气中还透着一丝玩笑。

“你在电话里那么凶，我敢不来吗?”谢丽在他对面坐下，气恼地说。

“就是嘛，生什么病嘛。来来，开始工作。”Darren郑一点也不怜香惜玉，正起身，打开电脑找文件。

“你以后别叫Darren郑了，叫‘郑扒皮’好了。”谢丽头也不抬，对着电脑不依不饶地说。

“大姐，知道你水平高，骂人不带脏字的。”Darren郑似乎很享受这样的拌嘴，笑眯眯地对谢丽说。

想着既然是做文件，谢丽想叫HR专员Jessica刘和自己的实习生Vida孙一起过来，Darren郑阻止了她。说最好是两个人讨论好了方案和模板，再请她俩过来。谢丽想了想，觉得也是这么个道理，就没再坚持。

两个人讨论了一会儿方案，都觉得有些累了。谢丽本就身体不舒服，于是到休息间给自己和Darren郑各磨了一杯咖啡。

“大姐，你去了趟澳洲就变成洋人了，动不动就要喝咖啡。”Darren郑有话没话地调笑着对谢丽说。

“我一直就爱喝咖啡，去澳洲之前也是这样。”谢丽觉得这个话题好无聊，怼了Darren郑一句。

“你从澳洲回来，工资一定不低吧?”Darren郑涎着脸又问。

“你不知道工资是保密的吗?怎么做到HR的呢?”谢丽不想再继续这种尬聊了，对着电脑继续准备文件。

说起谢丽的工资，并不像很多人以为的那么高。她知道DF从来就不是给高工资吸引人才的地方，招的是经济适用型人才。当面试时问及工资，她说和原来公司持平就好。后来拿到 Offer（邀约）时，工资果然与原来公司的一致，心想这家公司的 HR 也真够实诚的。

不过她没介意这点，她更关心自己在这里做得是否开心。这里是她职场的 Mr. Right（正缘），就像她对爱情和婚姻的态度，遇到对的人就不会在意他是否是个百万富翁，只要能够保证生活质量，开心才是最重要的。

她在 30 岁出头时也结过婚，不过婚后两年就分开了。

那时，她还在自己的家乡成都工作，原来的老公和她曾是一家公司的同事，两人在一次会议中相识。那次她正好得了重感冒，失声了，是还未成为老公的他陪着她去医院看病、拿药，还领着她在超市购买一些必需品。

7 岁时母亲因为血癌而离世，父亲患病连他自己都不能照顾好，唯一的哥哥又在外地工作，不能经常回来看她。因此，谢丽从小就变得很独立，凡事都自己操持，自己拿主意。这个同事虽比自己小一岁，但有着西北男子少有的细腻，很顾家。想着他对自己的同事都这么好，那对家人应该更不错，她的心渐渐对这个其貌不扬的男子敞开了。

后来，她感到自己是和想象中的老公谈了一次恋爱。婚后的生活更多是柴米油盐，两人生活习惯的差异也开始显现了出来。

她做的意大利面条被老公加了麻婆豆腐后他才能吃下去，出门时老公更希望节约，基本只坐公交，习惯出门打车的她只好陪着他在慢悠悠的公交车上摇晃，被人群挤得东倒西歪。

后来她要读MBA提升自己的能力和境界，她老公及其家人都极力反对，认为那是浪费钱的没有价值的镀金而已。他们的理由是很多人去读MBA都是公司掏钱赞助的，很少有人自己掏钱去读的，所以含金量不高。

她失望了，也醒悟了，老公与自己的精神世界相差很远，他们是两个世界的人。她自己的储蓄不够，于是向朋友借了些钱，交了学费。

后来她生病了，老公撇下生病的她，去照顾从上海来西北旅游的女性朋友，一直到凌晨才回家。

和那个女性朋友吃饭，老公殷勤地给自己的朋友递筷子、夹菜，视她如空气。再后来，她听到同事口中有关老公的一些传闻，想着老公对病中自己的冷落，她觉得自己看走了眼，提出了离婚，和他和平分手了。

和老公离婚后，她继续读书。在猎头的帮助下，MBA一毕业就拿到了在上海工作的Offer（邀约），从此便在上海待了下来。

Darren郑一边和谢丽继续讨论文件的内容，一边有一搭没一搭地和谢丽说话，偶尔拌拌嘴，还说什么“男女搭配，干活不累”、“就要这样碰撞才能有火花嘛”诸如此类的话。

谢丽觉得 Darren 郑不仅油滑，而且有些轻浮了，便不想多理睬他。很快，她把文件做好，把 Jessica 刘和 Vida 孙一起叫了过来，让他们帮助整理文件，心想这下 Darren 郑该有些收敛了。

谁曾想 Darren 郑不仅没有太多收敛，还拉上 Jessica 刘和 Vida 孙一起打趣谢丽。用 Jessica 刘的话说，他俩就是一对冤家。

在谢丽的职场经历中，她很少遇到像 Darren 郑这样油嘴滑舌的同事，很快落了下风。她只好催促两个新来的小女生抓紧时间做，待文件准备齐整后，便抱着电脑回自己办公室去了。

第十三节

离 MARS 项目正式公布之日还有一周，Darren 郑和谢丽对相关人员进行了培训。参训人员中除需要参加与员工会谈的 DHI 经理外，还有 Annie 杨请来的能源事业群五个资深的人力资源高级经理。之所以会请其他人力资源高级经理参加，是因为要在一天内与 100 多位员工全部谈完，以避免消息不同步造成的意外状况和挑战。如果只有 Darren 郑和谢丽，这是不可能完成的任务。

Darren 郑做完培训后，问大家是否有问题。除几个参与会谈的 DHI 业务经理问了几个问题外，其他人都表示完全理解。

谢丽这时注意到财务经理 Alicia 胡眼圈红红的，又在低头抹眼泪。她坐过去，问她是否需要帮助。

Alicia 胡哑着嗓子对她说，自己没法做这样的交流，希望他们安排别的人员和自己部门的员工沟通。谢丽拍了拍她的肩，表示理解。

培训结束后，谢丽给 Darren 郑说了 Alicia 胡的情况和请求。他们一起找到了厂长 Willis 董，希望听听他的建议。

Willis 董听后，表示如果 Alicia 胡不能跟部门的员工交流，就只有他自己出面了。但是，那天每个人的安排都是一整天，Willis 董根本不可能抽出时间来和财务部的员工交流。

谢丽想了想，决定调整和自己配合的业务经理，由她自己一个人和 DHI 财务部的员工交流。在所有的管理人员中，熟悉这些员工情况的除了 Willis 董以外，就只有她自己了。

在场的人又讨论了一下，依然找不出更好的解决办法，也就只好如此了。

周五是 MARS 项目确定的公布之日，这也是项目小组经深度研讨后决定的。这样做在于和员工当天谈完后，他们可以有相对足够的时间思考并做出决定。

离公布之日还有四天，MARS 全球项目经理 Oliver Jones 再次召开了项目大会。他和政府事务负责人杨红、负责公关媒体交流的 Lily 高、HR 项目小组成员、DHI 的有关经理及 DF 中国负责人力资源的法务经理就每个细节的进展做了最后一次确定，对大家的充分准备表示非常满意。

谢丽在周四晚上自费入住离 DHI 工厂不远的酒店。从她家打车去工厂如果不堵车，基本要 50 分钟左右。一旦堵车，一个半小时是必需的。

她从来都是要提前做好准备的人，尤其是面对这样重大的事件。她不希望太早起床影响自己的睡眠和精神，所以选择了住在附近的酒店，以确保自己有足够的精力和饱满的状态面对第二天的挑战。

早上 7 点 20 分左右，谢丽早早来到工厂，只见 Willis 董和 Oliver Jones 也到了，每人端着杯咖啡聊着。谢丽过去笑着跟他们打过招呼，就进入会议室开始有条不紊地做准备。

其实，所有的准备工作在头天晚上就已经做好了。每个会谈室都贴上了编号，会谈桌上都准备好了纸、笔和计算器，放好了矿泉水。并且，所有可能对人产生危害的隐患都从会谈室里清除了。

过了一小会儿，Darren 郑和 Annie 杨、五个资深的人力资源高级经理、杨红、Lily 高、HR 法务经理以及从外面请来的专业心理咨询师等一行人进入会议室，HR 专员 Jessica 刘和谢丽的实习生 Vida 孙协同 HR SSC（人力资源共享服务中心）经理 Jerry 张，也迅速地把随身带来的准备好的文件取出来，做好分发准备。

谢丽在办公室里走动着，检查相应的准备工作。Willis 董看她神色严肃，整个人紧绷绷的，就走过去轻轻拍了拍她的肩，轻声提醒她放松一些，否则整个氛围都会因为她的情绪而变得紧张起来。

8点，Oliver Jones 和 Willis 董召开了公告之前的管理会议，把文件发给了相关经理。

9点，便是DHI的管理层会议。Oliver Jones 和 Willis 董依照 Lily 高起草的稿件，向所有的经理们公布了 MARS 项目，其中也包括那几个早已知情的部门经理。

谢丽一边听 Willis 董宣布的公告，一边注意观察 Alicia 胡，怕她又出现培训那天的状况。所幸，Alicia 胡这次应该是做好了心理建设的。除了脸色有些发白，没有太多异状，谢丽暗暗松了一口气。

9点半，员工大会开始。Willis 董站在所有员工的面前，从容地宣读着关厂和搬迁生产线的公告。

也许员工们早就习惯了这种变化，又或许因之前 Willis 董他们刻意放了些风声出去，没有太多的人提出问题，更没有人提出特别刁钻的问题。他们只是平静地看着 Wills 董，静静地听着公告里的内容。

因为前期的充分准备，随后的员工会谈也进行得比较顺利，包括谢丽一个人去做的交流。临近下午5点半，所有参与会谈的HR经理们都回到了会议室，大家一起盘点这天的会谈情况。

汇总下来，有70％的员工当场签了离职协议，另有25％的员工说下周一回来反馈，只有4～5个人态度比较强硬，没有给出反馈。

这已经是非常不错的结果了，Oliver Jones 和 Annie 杨起身鼓掌，高声对所有在场的成员表示感谢。

最紧张的时刻过去了，精神放松下来的谢丽顿觉疲累，想一个人静静。她谢绝了 Annie 杨用自己的专车带她回市区的邀请，一个人向厂区门口走去。

3 月底的上海已经是满眼春色，花红柳绿。此刻正是傍晚时分，依然有几缕火红的晚霞倔强地在天边延展着，不肯下沉到黛青的暮色中。晚风轻轻吹过，路旁的树叶沙沙作响，好似一个婉约女子的纤手在古琴上轻轻拂过。

如释重负的谢丽就这样一边享受着春日美好的暮色，一边沿着乌青的水泥路静静地走到了厂区门口，叫了一辆出租车，往家的方向驶去。

第十四节

接下来的周一，Darren 郑说自己可以处理剩下的事情，谢丽于是回到自己在工业能源的办公室。

她挂好包，把电脑打开收邮件，工业能源中国区总经理 Frank 褚阴沉着脸走了进来。

“谁让你在没有得到我的同意之前就给费玲发 Offer（邀约）

的?”他问道，语气中带着强压的火气。

谢丽想起来，这是MARS项目培训前她发出去的一个Offer(邀约)，费玲是工业能源商务部经理的候选人，将来是商务部总监Cherry陈的下属。

她仔细回想着之前发生的事。

那是一个春光明媚的下午，谢丽正在办公室准备MARS项目的相关文件，Cherry陈轻快地来到她的办公室。

“Shirley!”她亲昵地叫着谢丽的英文名，在谢丽的桌前坐下。

“你最近很忙吧?出差了吗?都很少见到你在办公室!”她接着说。

“是很忙，最近都在外高桥那边忙一些事。”谢丽答道。她最近一直在忙MARS项目，一周中在工业能源办公室出现的次数不多。

“看你都憔悴了，要注意身体哟!”Cherry陈关心地说。

“谢谢关心！找我有什么事吗?”谢丽想着还有一堆事要处理，开门见山地问道。

“我们这边的工作越来越忙了，老吴和Cindy顾不过来，想再招个商务经理。”她表明了来意。

Cherry陈口中的老吴和Cindy是很有经验的商务经理，不过都是没有下属的个体贡献者。商务经理的主要工作内容是审阅商务合同，找出风险点，向销售部门提供建议以减少不必要的损失。

这种工作要求对商务合同的结构和条款非常熟悉，同时也具备风险管理的基础知识，所以对任职人员资质的要求很高，即使是个体贡献者，通常也给予经理的职级。

老吴 48 岁了，精力无法像 30 多岁时那样旺盛，合同看久了就会头晕，必须休息一会儿才能继续工作。

Cindy 姓李，刚满 36 岁，精明干练，小孩马上小升初了。她的小孩比较调皮，Cindy 李好几次在上班时接到老师的投诉电话，不得不放下工作请假去学校处理。最近她的小孩又在出状况，搞得 Cindy 李无法集中精力工作，在审阅合同时漏了好几个重要的细节。

Cherry 陈从技术服务部调任商务部总监才一年，在专业能力上比不过在这个领域做了很久的老吴和 Cindy 李。老吴比较淳厚，不时帮助自己的上司。Cindy 李却不是这样，她认为 Cherry 陈专业度不够，不配做自己的上级，一直不买她的账。这次 Cherry 陈因为合同漏审的问题找她谈，她觉得这是小题大做了。

看着团队的现状，想在短期内提高团队的工作效率是不太可能的，于是她想再招一个商务经理。除了提升工作效率，最重要的是有一个人来支持自己的工作。

谢丽理解 Cherry 陈的苦衷，不过也觉得她自身的领导力需要提高。只是，领导力的提升也不可能一蹴而就，工作还是需要有人去做的。

她一边考虑将来可以从哪里入手帮助 Cherry 陈提升领导力，一边打开文件看今年的人员预算。

工业能源全球在刚过去的一年里业绩表现依然不好，中国区也只完成了目标的85%，人员预算被管控得很紧。谢丽检查下来大商务团队只有2个人员预算，都给了销售团队，隶属于大商务团队的商务部是没有的。

她把这个情况告知了Cherry陈，Cherry陈一脸的失望。谢丽想了想，建议她去和Frank褚商量，看是否可以进行内部调配。

Cherry陈果真去找了Frank褚。Frank褚当时正准备出差，匆忙间对她说让她自己去找销售总监们协调，如果他们中有人愿意把预算让一个给她，就可以。

Cherry陈仿佛拿到了圣旨，兴高采烈地把这个好消息告诉了谢丽。谢丽知道她在销售团队中的人缘极好，不过要一个珍贵的人员预算，这就难说了。

果然，Cherry陈在能源控制设备部销售总监Oliver魏那里碰到了软钉子。Oliver魏说新分下的目标比去年高了30%，自己打算再招2个人进来也只批了1个名额，只能对她说抱歉了。

不过，电网设备部销售总监David黄救了Cherry陈。David黄说自己这里有一个名额，要招的人已经用Replacement（替代人员）的名额招到了，所以可以转让一个给她。

有了这棵救命稻草，Cherry陈自然欢天喜地。她填了招聘申请表，发给了谢丽，请她尽快招聘。很快，便有候选人进入面试。

Cherry陈和谢丽对有8年相关经验、人又热情主动的费玲很满意。根据流程，她让Frank褚进行第二轮面试。面试结束后，

Frank 褚也表示认可费玲。Cherry 陈知道后，喜出望外，催着谢丽尽快发 Offer（邀约）。

当时是 MARS 项目准备的最后阶段了，谢丽正忙着准备培训的材料和员工信息，Cherry 陈来了好几个电话催她尽快发 Offer（邀约）给费玲。

根据流程，这个级别的候选人的 Offer（邀约）上仅需直线经理和 HR 签字。于是忙碌中的她没有细想，准备好了 Offer（邀约）让 Cherry 陈签字后再签上自己的名字，就发了出去。

第十五节

"是的，那个 Offer（邀约）是 Cherry 和我签发的，有什么问题吗?"谢丽抬头看着有些怒容的 Frank 褚，不知道出了什么问题。

"我是认可她，但没有同意你们雇用她！Cherry 哪来的 Headcount（人员名额）发 Offer（邀约）？她是没有预算的！"Frank 褚高声质问着谢丽。

"这是上次你出差前自己对 Cherry 说的。你说只要她自己找到 Headcount（人员名额），就可以招人了。她从 David 那里要了一个 Headcount（人员名额），所以我才开始招人发 Offer（邀约）

的。”谢丽辩解道。

“David的Headcount（人员名额）是我给销售的，你们没有经过我的同意就这样乱搞！你赶紧把给费玲的Offer（邀约）给我追回来！追不回来的话你们自己写辞职报告！”说完，Frank褚气咻咻地走了。

对于Frank褚来说，这不仅仅是一个Offer（邀约）那么简单的问题，更多的是对他权威的尊重。

Frank褚知道自己的工程师背景在下属中的威望不高，尤其是在商务团队面前。所以，他需要用自己的职权要求下属们服从自己。

对，他是说过让Cherry陈自己找Headcount（人员名额）的话，但不代表他们可以私下互换而不告知他，这再次说明了商务团队没把他真当回事。

另外，知情的谢丽既不通知他Headcount（人员名额）调换的事儿，也没在发Offer（邀约）之前向他汇报，这也太不把他放在眼里了。David黄和Cherry陈是DF的老人也就罢了，谢丽这个刚来的新人居然也敢在没有得到自己首肯的情况下发Offer（邀约），这简直就是对他的轻视！与谢丽的前任相比，他对谢丽的表现是不太满意的，尽管谢丽比她的前任更专业、更投入、更认真。

他非常愤怒，愤怒自己被轻视。他一定要给这些人教训，总得有人出来为这件事负责！

谢丽此刻双手交叉支着下巴，坐在位子上思考该怎样处理这突如其来的变化。

Offer（邀约）已经发出去半个月了，费玲已经在原来的公司办理了离职流程，要追回来的可能性是没有的。该怎么办呢?

想了一会儿，谢丽脑子里依然一片空白。于是，她去到 Cherry 陈的办公室，看看她有什么办法。

谢丽走进 Cherry 陈的办公室时，发现 David 黄也在。从两人的表情来看，Frank 褚也把他俩训了一顿。当她问及接下来该怎么办时，两人互相看了看，没说话。

“不知道，不过肯定不要去主动辞职，别太认真了，我们也都是为了工作。” David 黄后来讪讪地冒出一句，就出去了。临走时，他拍了拍谢丽的肩，以示安慰。

吃好午饭，想着 Frank 褚犀利的眼神和严厉的申斥，谢丽的情绪非常低落。

她知道自己与 David 黄及 Cherry 陈不一样。这两人都是公司的老员工，一个是销售总监，另一个是商务总监，Frank 褚再傻也不会让这两个人辞职。自己加入公司还不到一年，没有根基，最容易被拿来杀鸡儆猴了。

想到这里，她更加惴惴不安。她拿起手机拨打了 Wendy 王的电话，希望听听一向沉稳、冷静的前上司加闺密怎么说，但打通了没人接。她估计 Wendy 王在开会，等她开完会自然会回她电话的。

就这样，她熬到了下班的时间，Wendy 王依然没有来电话。

她从来就是有担当的人，虽然这次事件中自己犯的错不算太大，不过毕竟自己有错。Frank 褚如果真想让她走，即便是她硬留下也不会有好日子过。再算算自己离开澳洲的时间，如果这时回去，找一份最简单的工作，依然可以凭工作时间申请永居，然后可以考澳洲的公务员，尽管这不是她想要的。

想到此处，她快速写好辞职信，发给了 Frank 褚，同时也抄送给了 Harris 杜，然后就关灯离开了办公室。

这时天色已完全黑下来了，路边的街灯发出昏黄的亮光。谢丽坐在回家的出租车上，看着路灯从车窗旁急闪而过，眼泪夺眶而出。

在 DF 工作已经有 8 个多月了，尽管在工作中经历了诸多挑战，但她比原来更加热爱这家公司，很希望在这里有所作为。如果可能，她愿意在这里做到退休的那天。

再说，如果真的回到澳洲，她将不得不放弃热爱的专业，为了获得身份而丢掉自己热爱的职业生涯。不，她不愿意，一万个不愿意！

此刻的谢丽，心里一团乱麻，充满了绝望和害怕，不知道何去何从。

第十六节

刚回到家，她的手机就响了。原本以为是 Wendy 王打来的，拿起来一看却是 Harris 杜的号码。

“你怎么了？为什么要辞职?!”Harris 杜在电话那头急切地问。

谢丽于是给他解释了事情的前因后果，临到最后，还加了一句：“我真的不想离开 DF，但 Frank 这样要求，我不知道该怎么办了。”说到这里，她已经开始呜咽。

“我知道了，我来和他说。以后别犯傻，别人家叫你写辞职信你就写，你懂劳动法的!”Harris 杜听完谢丽的诉说，从容地说道。“还有，你这两天别和 Frank 再谈这件事，过两天再说，我这边有消息了会告诉你。”最后，他还补充了两句。

谢丽听他这么说，停止了哭泣，心中燃起了一丝希望。

洗好澡后，Wendy 王的电话也来了。她对谢丽说了声抱歉，说自己一直在开会，晚上还和同事一起吃饭，刚回到家。看到有她的未接来电，就打了回来。

谢丽于是给她说了一天来的故事，还有 Harris 杜和自己的电话交流。

Wendy王听她说完，也说他们三个做错了，不应该在没有知会总经理之前就把Headcount（人员名额）调换了，还发了Offer（邀约）。而且，她更不应该写那封辞职信。万一Frank褚较真，Harris杜不一定能救得了她。

听闺密如是说，谢丽刚放下的心又提了起来。

Harris杜是不希望谢丽走的，他很欣赏谢丽的热情、聪明干练、敬业和自律，用他自己的话说，就是“响鼓不用重槌”。同时，他也发现谢丽的行事风格非常直接，风格更像西方人尤其像美国人，有时做事没有考虑到中国的人情世故。

所以，每次和谢丽一对一交流的时候，他都会提醒她不要太紧张，放慢做事的节奏，考虑得更深一些，还把自己喜欢看的南怀瑾的书籍分享给她，希望帮助这个颇有潜力的下属成长。

对于今天的事，他也认为谢丽没有告知Frank褚就用私下调换的Headcount（人员名额）招人和发Offer（邀约）是不对的，不过从严格意义上说并不是大错，尤其Frank褚自己也认可候选人。

同时，他也体谅当时正是MARS项目最忙的阶段，谢丽出现这样的错误也不是不可原谅的。于是，他下定了决心，他要保谢丽。

过了两天，Harris杜找了个机会请Frank褚喝茶，很自然地就聊起了谢丽的辞职。他再次向Frank褚说明了谢丽做事欠妥当的地方，也希望Frank褚能够宽容一些，毕竟谢丽已经深刻认知到了自己的错误。

Frank 褚那晚收到谢丽的辞职信也着实吃了一惊，不过也有些失望，因为 David 黄和 Cherry 陈的级别和资深程度都比谢丽高，但他们也就是半开玩笑半认真地在自己面前认了个错就搪塞过去了，没有显示出他们应该有的担当。也就只有谢丽真正为自己的行为负责了，虽然她的行为有些鲁莽。

想到这里，Frank 褚也就对 Harris 杜表示自己愿意接受他的建议，原谅谢丽这一次的失误。

随后，Harris 杜给谢丽打了个电话，让她放心，事情处理好了。同时也提醒她，以后不要再犯类似的错误。如果再有下次，他不一定能保得了她。

谢丽很感激 Harris 杜的倾力相助。通过这件事，她觉得 Harris 杜是个值得信赖和依赖的人。于是，她在心中把 Harris 杜当成了自己在 DF 的依靠。

第十七节

这天中午，正准备下楼吃饭的谢丽在一楼的电梯口遇到了 Darren 郑。因为 MARS 项目，两人虽有拌嘴和争执，不过也结下了良好的友谊，于是便相约一起吃午餐。

两人打好饭菜，找了一处清净的地方坐下，Darren郑便给她讲起正在处理的DHI怀孕女员工的离职纠纷。

他说这个女员工的劳动合同本就该4月底到期，Willis董与她的主管在宣布关厂之日的前两天就和她谈了劳动合同到期将不再续延，告诉她可以选择工作到4月底再走，也可以3月底就离开，公司将把她的薪水发到4月底。

那天关厂的事情公布后，这个女员工找到Willis董说自己怀孕了，公司如果要解除劳动合同，就要按照2N（N代表月数）的标准支付离职补偿金到她小孩满一岁。

谢丽知道这个女员工2月底才流过产，按医嘱一个月内是不能同房和怀孕的。她猜想这个女员工是为了多要离职补偿金，也就不顾对身体的伤害，冒险再一次怀孕了。

不过，谢丽是个小心谨慎的人。她问Darren郑是否到公司指定的医院去确认了，Darren郑说这件事早就做了，确认她怀孕了。

Darren郑还说自己就这件事与DF中国大供应链的人力资源总监Annie杨及法务的人商量了一下，决定除按照特殊时期女员工的离职补偿标准支付外，再多给一个月的工资作为补偿。女员工不同意，把这件事捅到了能源事业群中国区CEO James文那里。

James文要求Annie杨一定要快速解决这件事，不能产生劳动纠纷，这对DF的社会形象影响不好。

“给2N肯定是不可以的，我们又没有违规解除劳动合同，这毕竟是关厂。要不就用支付到她产假结束的数字做基数，在这个基础上打个折。这笔钱已经不少了，她这段时间都可以不用出去工作了。”谢丽听完，这样建议道。

“我试试吧，看老板肯不肯，你知道我们的预算的。”Darren郑吞下嘴里的饭菜，说道。

过了几天，Darren郑给谢丽说那个离职纠纷解决了，按照她的建议打八折，女员工接受了，MARS项目HR的部分就此告一段落。

这天下午，谢丽收到了一个获奖提名被批准的邮件。仔细看了邮件的内容后，她知道自己被提名的奖项是公司价值观中的“Expertise”（专业精神）。

因为邮件里没有具体缘由，并且抄送给了Harris杜，谢丽拨打了Harris杜的电话，想了解究竟。但拨了两次，Harris杜的电话都占线，她只好去Harris杜的办公室找他。

当谢丽来到Harris杜的办公室门口时，他正好放下电话。见谢丽来了，他笑着招手让谢丽进去。谢丽说明了来意，Harris杜便简短地解释了奖项的缘由。

原来这是DHI全球人力资源副总裁Lauren Gramont的提名，奖励她在MARS项目中做出的积极贡献。整个项目团队都有，因为她是主力成员，所以她和Darren郑都获得了500美元的现金奖励。

这个奖励是基于公司价值观的卓越激励奖，与个人绩效无关。

除了下属不能提名自己的上级外，任何人在任何时候都可以提名，当然也可以跨事业部和跨职能部门进行提名。

算上这次，谢丽是第二次拿到基于价值观的激励奖。上次是去年年底工业能源全球人力资源副总裁提名的，奖励她快速熟悉工作并在全球HR数据清理中做出的贡献，尽管那只是25美元的小礼物。

谢丽知道了事情原委，自然是开心的，这是她在DF工作以来取得的第一个重要里程碑，还完成得如此完美。

Harris杜也为谢丽的获奖感到欣喜，他越来越喜欢这个热情、干练的下属。他在内心对自己说，一定要好好培养这棵好苗子，让她能在DF茁壮成长。说到底，这也是给自己长脸的事儿。

谢丽怀着雀跃的心情回到办公室，坐在椅子上长长地吐了口气。MARS项目终于结束了，她可以专心来做工业能源的工作了。

第三部分　风起云涌

第十八节

DF中国区的人力资源峰会即将举行，要求每个事业群或集团至少要出一个节目，谢丽自告奋勇地接了一个，准备唱拿手的《青藏高原》。

谢丽的设想是自己唱歌，旁边有四个人随着音乐跳天鹅舞，以加强效果。因为MARS项目，谢丽和Darren郑、HR SSC（人力资源共享服务中心）经理Jerry张的关系变得熟络起来。她想，如果让几个男生穿着天鹅服在那翩翩起舞，那效果就真的妙不可言了。

她把这个想法和组委会的人商量，大家都说好。现在还差两只天鹅，Jerry张推荐了研发中心的HRBP（人力资源业务伙伴）Robert赵以及水能源的一个HRBP（人力资源业务伙伴）。

当Robert赵出现在大家面前时，谢丽看着和Jerry张的年龄及身高相差不大，不过身材略显肥壮的他，想象着他穿天鹅服的样子，不觉笑出了声。

人力资源峰会的那天晚上，谢丽和四个伙伴表演的《青藏高原》获得了大家的交口称赞。不仅因为谢丽婉转甜美的歌声，更多的是四只雄性天鹅的滑稽舞姿，相映成趣。

原来的上司 Linda 张在他们表演完后找到谢丽，说自己在外面拿到了一个很好的 Offer（邀约），很快就要离开 DF 了。

谢丽听到这个消息，很是吃惊。她知道 Linda 张在 DF 工作了 12 年，应该有很深的感情，怎么说走就走了。

不过她也知道，Linda 张前一阵在看电力集团人力资源总监的职位，一共有好几个候选人，最后选了另一个有人力资源管培生背景的人。也许她有些失落，所以才会寻找外面机会的吧。

Linda 张的确是因为自己的落选，由此看不到在 DF 的上升空间而离职的。她在 DF 工作了 12 年，其间做过培训经理和集团 HRBP（人力资源业务伙伴）。在 DF 工作久了，有了一定根基的人都希望自己所负责的盘子能有所扩大，在提高自己能力的同时，也可以提高自己在市场上的品牌和竞争力。

不过她也知道，自己不是 DF 典型的 HRBP（人力资源业务伙伴）。DF 的 HRBP（人力资源业务伙伴）大多都既圆融又 Aggressive（强势），内心很强大，在业务领导面前有话语权，经常会在恰当的时候 challenge（挑战）这些业务领导们的想法，把他们认为不合理的要求 push back（推回去）。

相比于他们，Linda 张更谦和，更愿意听取业务领导们的意见去支持他们。这在她的上司及其他 HRBP（人力资源业务伙伴）看来，她对业务领导们有些纵容了。

她知道自己去申请电力集团人力资源总监这个职位的竞争力不大，不过她还是希望去试一试，这样能够突破自己的舒适区。

在申请那个职位的同时 Linda 张也在看 DF 外面的机会，用她自己的话说，她想换个环境。结果是她落选了，也就死心了，于是选择了外面的那个机会。虽然她对谢丽说自己更喜欢做培训工作，其实她也是这么安慰自己，让自己离开 DF 的理由听起来很合理。

谢丽紧紧拥抱了 Linda 张，问她的新东家是哪家公司，Linda 张只是淡淡地说了一句，“以后你就知道了”，然后飘然离去。

随着 Linda 张的辞职，工业能源的合资项目很自然地转移给了 Harris 杜。想到合资项目本身的复杂性，喜欢挑战的谢丽自然是雀跃的，这是多么难能可贵的提升自己能力的机会呀！

然而，她的热情很快被浇灭了。Harris 杜说能源事业群有一个专门负责融资整合的 HRBP（人力资源业务伙伴），他打算让那个 HRBP（人力资源业务伙伴）来参与，还让谢丽把前面做的尽职调查资料转给那个人。

Harris 杜这样考虑不是没有原因的。他了解谢丽的性格和行事风格，让她参与合资公司的前期工作有些冒险。同时，他感觉到谢丽对自己的依赖性很强，大事小事都喜欢和他商量。如果放她进来，即使谢丽不会把工作搞砸，也会让自己的工作负担更加沉重。

谢丽听 Harris 杜如是说，心里难受极了。这明明是自己 BU（事业部）的合资项目，交给别人来做就意味着上司对自己能力的不认可，她这样想。

尽管谢丽心中很不情愿，她还是把材料准备好，当着 Harris 杜的面把材料交给了来接手的另一个 HRBP（人力资源业务伙伴）。同时，她跟 Harris 杜说，自己准备休 10 天的假，回澳洲去办点私事。

Harris 杜听到谢丽的休假安排，脸上没有任何表情，只是让谢丽把手头上的工作安排好交给自己，就准了。

谢丽的确是想休息一下，MARS 项目已经让她精疲力尽，加上自己 BU（事业部）的合资项目被交给了别人所带来的失落，她希望换一个环境恢复自己的能量。于是，谢丽来了一场说走就走的旅行。

第十九节

周一中午，谢丽已经坐在 Adelaide（阿德莱德）她的朋友老刘一家的午餐桌旁。老刘举起啤酒杯和她碰杯，热烈欢迎她的归来。老刘斯文的太太也很热情地给她剥了一只老虎大虾，放在她的碗里。

他们说谢丽的状态很好，相比在澳洲后期愁云惨雾的她，就好像换了一个人，并劝她既然回来了，就继续留下来。相比国内生活环境的质量，还是澳洲好。

关于澳洲尤其是 Adelaide（阿德莱德）环境的质量，谢丽完全同意老刘和他太太的说法。她记得美国文豪马克·吐温曾这样描写 Adelaide（阿德莱德），大意是如果澳洲所有的城市都像 Adelaide（阿德莱德），那澳洲就是天堂了。

她是真的很热爱这个城市，如果能继续从事自己热爱的专业，她愿意永远留在这里。但世间没有如果，所以她才又回到了上海。

午餐后，谢丽去了趟 Glenelg（地名）海滩，这是当地最著名的海滩。

看着湛蓝的海水，在纪念碑前和人行道上飞上飞下觅食的海鸥，细白的沙滩以及在沙滩上欢快追逐的狗和小孩，她享受着秋日海风吹拂面颊的舒爽，觉得周围的一切都是那样的美好，真的犹如天堂一般，也暂时忘却了不能做 BU（事业部）合资项目而产生的失落。

第二天，她来到 Adelaide（阿德莱德）的市中心，坐在 Rundle Mall（街道名）广场的咖啡馆，听喜欢的艺人演奏那只独特的乐器 Chapman Stick（一种吉他和贝斯相结合的乐器）。

离开了 Rundle Mall（街道名），她又独自去了当地的德国村 Handorf（地名）。她在一家德国餐厅要了一份猪肘和一杯啤酒，坐在室外细嚼慢咽。

看着道路两边红黄交错的醉人的秋叶，喝着清洌的啤酒，享受着温暖和煦的阳光，切一块猪肘肉伴着德国酸菜放进嘴里，多么绝美的人生啊！谢丽心里感叹道。

回来重新体会到 Adelaide（阿德莱德）美好的一切，加上老刘他们的劝说，她的内心有了些活动。

就在此时，手机屏幕显示出邮件的符号。打开一看，是工业能源全球人力资源副总裁的邮件，说会在 7 月下旬举办工业能源全球 HR 大会，邀请她参加。

这封邮件把谢丽从美好的心境中拉回到了现实，她匆匆在 Handorf（地名）沿街的商店里买了些纪念品后便打道回府，回到老刘家回复了邮件。

这次回来 Adelaide（阿德莱德），除了再去游览熟悉的 Glenelg（地名）海滩、德国村和市中心，谢丽还有一个愿望，就是去 Flinders Range（地名），这是她在 Adelaide（阿德莱德）移民的那段时间一直没有成行的地方。

Flinders Range（地名）是距离 Adelaide（阿德莱德）500 多公里的原始森林，景色非常美，她一直想去。不过听老刘和其他朋友说，那里很偏僻，即使当地人去，也须至少两个人结伴而行。

她本想约老刘一家和自己一起去，但事不凑巧，老刘要给客户送橱柜并安装，他太太要照顾上学的女儿，也走不开。到旅行社去跟团，旅行社说最早的团要四天后才出发。一个来回，会超过谢丽假期的时限。于是谢丽租了车，决定冒险独自去。

开了5个多小时的车，谢丽在下午5点左右入住Flinders Range（地名）里一个很有年代感的酒店。

她在前台做了入住登记，报了当地的旅行团，随后在房间梳洗了一下后，去到餐厅吃晚餐。

这家餐厅据说有100多年的历史，屋顶覆盖着铅灰色金字塔形的铁皮，下面是木屋，有些美国西部片的风格，原始而简单。

进到餐厅里面，也是简洁的木制长条桌和椅子，墙上用了些动物的长角和皮毛做装饰，屋顶上暖色调的顶灯照着整个木屋，让整个屋子充满了温馨的气氛。

谢丽看了看菜单，向侍应生点了一杯红酒和一份烤袋鼠肉配土豆。她是喜欢尝试新鲜事物的人，看到这里有袋鼠肉提供，自然想品尝一下，看看和牛羊肉有什么不同。

很快，侍应生把酒端了上来。她轻轻地抿了一口，温度刚好的沁甜。过了一小会儿，烤袋鼠肉也上来了。

谢丽用餐刀轻轻切了一小块袋鼠肉送入嘴中，感觉肉质和牛肉相差不大。不过，不知是由于烹调还是肉质本身的缘故，吃起来带着一点点的酸。

她喝了口酒，品尝着袋鼠肉，听着音箱里轻松的乡村音乐，非常享受这种全身心的放松。

随后的三天，她跟着旅行团游览了古老的河谷，欣赏上千年古树的苍劲，抓拍在林间快速窜越的小袋鼠，仰望天空看不知名的红肚鸟和苍鹰掠过，迷醉在傍晚薄雾间高低起伏的山峦和瑰丽得令人窒息的日落中。

谢丽陶醉在这原始而雄浑的南澳风情的同时，她自身的血液也随之翻腾起来。

自她回到上海，尽管一直努力工作，不过她心里知道自己的状态不对。为了应对两个 BU（事业部）繁重的工作和维持自己工作的高效，她经常加班，有时周末只休息半天，也很少有时间锻炼以及和朋友们相聚。

高强度的工作节奏让她变得有些神经紧张，Harris 杜曾好几次提醒她要放松，把工作节奏放慢一点儿。

MARS 项目期间，她有一段时间发现自己感受不到阳光的温暖了，对工作出现了厌倦的情绪，还一度出错。她心里害怕，于是在闺密 Wendy 王的建议下去看了心理医生，结果是她自己有了轻度抑郁症的倾向。

医生建议她注意劳逸结合和场景的交换，必要时可以换个环境度假，这样对她的身心健康有好处。这次的澳洲假期，便也是听从了医生的建议。

现在，在这片南澳最原始的土地上，她内心的火苗又开始燃烧起来，浑身充满了勇气和力量。她找回了自己，心里也更清楚自己想要的是什么，信念比以往更坚定。

此刻的她想要尽快回到上海去，回到 DF，无论是否能参与合资项目，她都要用自己出色的工作去实现自己的价值。

依依不舍地惜别 Flinders Range（地名）后，她心情愉快地驱车飞奔回老刘家。把行李放好后，她在电脑上给 Harris 杜发了个邮件，说自己过两天就会回去。

Harris 杜的回复很快，他用公司的语音聊天软件打给谢丽，言语间带笑地欢迎她回去。同时，还说自己向能源事业群亚太区高级人力资源总监 Nadia Perez 建议，让她加入合资项目组，一起参与合资公司的建设。

听到这里，谢丽问那个负责融资整合的 HRBP（人力资源业务伙伴）怎么安排，Harris 杜说那个 HRBP（人力资源业务伙伴）做事不够投入，就不用参加了。话语间，他的语气非常地坚决。

谢丽回到上海已是晚上。初夏的阵雨不算大，滴滴答答落在地上，没入地上的灰尘，并没有溅起水花。

第二十节

谢丽在家休整了一天后，回到公司。她先到 Harris 杜的办公室，Harris 杜看见她神采飞扬地回来了，就说她状态很好，好像变了个人，还请她吃糖。

谢丽看 Harris 杜大大的眼笑得像下弦月一样，嘴角向上飞扬，知道他是真的开心，自己也放松了不少。

她一边含着糖，一边给 Harris 杜说自己假期里的趣事，顺口提了一下自己回来时行李里少了一条意大利款的项链。

没想到 Harris 杜听后，竟在电脑上打开淘宝开始搜索，问谢丽是哪款。看了一圈，都没有谢丽的那款，只好作罢。

想着平常来找 Harris 杜谈事时，他要么和人在开会，要么在回邮件。今天能抽出时间来听谢丽讲旅行的见闻，又帮她搜丢失的项链，谢丽觉得 Harris 杜真是一个暖心的上司。

其实，Harris 杜在谢丽提出请假 10 天时，就有些担心谢丽回去澳洲后就不愿再回来了。他知道谢丽听说自己把合资项目给了别人会失落，并且刚结束了 MARS 项目的她看起来有些精疲力尽，所以就让她把手上的工作交给了自己，放心去度假。

同时，他也利用这次机会在观察谢丽，看看她是否真的愿意放弃澳洲的移民身份，定下心来回到国内发展。

澳洲是他的管辖范围，他也每年有那么一两次飞过去出差，自然了解那里的风土人情，也喜欢那里的生活环境。他也支持自己的一些朋友移民到那里，每个人都可以选择自己的生活方式。

如果谢丽真的是因为想换个环境，给自己放个假他是支持的，不过因为失落而决定离开 DF 重返澳洲继续她的移民生活，他会觉得失望，为这棵好苗子而感到惋惜。

所以，当他看到谢丽的邮件说很快会回来时，就放下了半颗心，知道自己没有看错人。如今看到谢丽出现在自己的办公室，自然是欣喜异常的。

于是，他破天荒地放下了工作，耐心地听谢丽讲述旅行中的故事，帮她找丢失的项链。他是真的开心，也愿意花时间去做这些事情，有什么比自己喜欢的同事归来更重要的呢？

午餐时间，谢丽在电梯间遇到了 Darren 郑，于是两人一起去吃午饭。

Darren 郑承认自己最初有些轻视这个不太懂得中国人情世故的假洋鬼子，因为 MARS 项目对谢丽的了解愈加深入后，他很欣赏谢丽的激情干练、认真细致和系统思考的能力。于是两人除了变得更加熟络，他也从内心真正尊敬起这位大姐来了。

吃好午餐，谢丽让 Darren 郑跟着自己回到办公室，递给他一个在德国村买的礼物。Darren 郑接过来一看，是一只深棕色皮质柔软的袋鼠皮钱夹。他满心欢喜地收下，说自己正准备换钱夹，这礼物送得真及时。

接着，他又顺口说道："其实吧，你真的是个好人。放心吧，我以后会对你好一点儿。你们 Harris 杜给我打过招呼了，说如果我以后再欺负你，就对我不客气了。"

谢丽一惊，想起自己那次生病和 Harris 杜的对话，没想到 Harris 杜真上心了，她心中涌起一阵暖流。

晚上，谢丽收到工业能源全球人力资源副总裁的邮件，通知包括她在内的 HRBP（人力资源业务伙伴）们全球 HR 大会的具体时间，让大家尽快准备，并确认参会。

距离全球 HR 大会时间只有一个半月了，谢丽心想这事得赶快着手。即使 DF 和上海美领馆关系很好，送去的材料没有不批的，不过依然需要一定的时间。于是，她把邮件转送给了 Frank 褚和 Harris 杜，开始走流程。

Frank 褚不久前被调到数字能源部门任中国区经理，因外招的他的继任者目前还在办理离职手续，他暂时兼任工业能源中国区的总经理。

他接到谢丽去美国开会的申请，很快批复“No”。他认为即使自己目前只是兼任的总经理，也需要对事业部的成本负责。飞一趟美国就为了去开 HR 的大会，他觉得太不值得了。

谢丽把 Frank 褚的意见跟 Harris 杜讲了，Harris 杜对谢丽说她应该去，这是她和美国总部的同事建立关系的良好机会。大家平常都是通过电子邮件或者电话会议交流，能有面对面的沟通，就有了立体的印象，以后办起事来也容易一些。他给谢丽说这件事他去对 Frank 褚讲，让谢丽别担心。

果然，过了三天，Harris 杜让谢丽尽快启动签证办理流程。

第二十一节

谢丽到达佐治亚州的 Atlanta（城市名，亚特兰大）是美国当地时间周六的上午。入住酒店后，她在赫兹租车网的门店上租了一部车，驰向离市区 50 多公里的一个奥特莱斯，给朋友和家人代购。

下午 4 点左右，车的后备箱已经满是各种品牌的包装袋，最多的是 Coach（商标名，蔻驰）。至于朋友要的爱马仕皮带，她没有在奥特莱斯找到。她打算在会议的间隙到市中心去看看，像 Atlanta（亚特兰大）这样的大城市应该有爱马仕专卖店。

周日，她去了 Harris 杜极力推荐的可口可乐世界和《飘》的作者玛格丽特·米切尔的故居。《飘》是她喜欢的名著之一，虽不喜女主角郝思嘉的精明钻营，不过她喜欢这个女子身上的韧性和灵活性。尤其是后者，她自己还需要修炼。

她很感激 Harris 杜思虑的细致入微，连她在美国的周末节目也安排好了。同时，通过他推荐的这些景点，也对他工作之外的爱好和沉淀窥见一斑。

周一用完早餐后，谢丽拎着电脑包上了公司派过来的交通车。刚上车，一个小麦色皮肤的欧洲男人跟她打招呼。她昨晚在酒店里遇见过他，没想到是自己的同事。

两人交谈了一小会儿，谢丽方知这是 DF 工业能源意大利的人力资源总监 Marco，刚从法拉利加入 DF 不久，办公室在米兰。

过了一会儿，车上又上来一些人，其中包括热情洋溢的法国人力资源总监 Pierre，还有睡眼惺忪、有些拘束的印度人力资源负责人 Sanjay。一行人有说有笑地分享着自己国家的风土人情以及讨论一些工作上的事务，车很快就到了工业能源所在大厦的门前。

相比上海办公室的大楼，Atlanta（亚特兰大）总部大楼有些老旧，也没有上海的气派。不过，依然能感受到超级工业制造公司严谨的氛围。

大厅的橱窗里展示着工业能源产品的样品，另有一小片区域有全息声光展览，随着电流的通过呈现出美妙的图景。

工业能源全球人力资源副总裁 Susan Palmer 此时也到了大厅，找了一片空的场地，让大家过去围成一个圈。

组织发展经理 Ray 做开场，随后便是 Susan Palmer 微笑着给大家致欢迎词。考虑到与会者不同的语言和文化背景，她用平缓的语速和大家刚好能听到的声音与大家交流，整个人甚为优雅、端庄。

在谢丽看来，Susan Palmer 比她以前见过的很多英国女人都要美。一头深棕色的披肩长发，棕色玻璃般的眼眸晶亮地闪着，苗条的身材和欧洲人少有的细腻的皮肤，即使不能算倾国倾城，至少回眸一笑间也会让街上不少男人侧目。

欢迎词后，便是这几天会议的日程安排，其中有一项高管高潜人员面试，以及水上公园的团队建设活动让谢丽很是期待。知道周二的会议下午 4 点结束，谢丽计划着可以到市区去看看是否能帮朋友买到爱马仕皮带。

会议照计划进行，并且准时在下午 6 点结束，大家各自搭车回酒店或约饭。谢丽与 Ray 和 Marco 一辆车，Ray 说请他们去吃当地最好的海鲜，谢丽欣然同意。

第二十二节

三人来到市区的一家海鲜餐厅，餐厅外的长条桌早已被占领，他们只好到餐厅内用餐。

进到室内顿感凉爽，轻柔的爵士乐和着暖黄的灯光洒满餐厅的每个角落，服务生们托着餐盘来来回回地穿梭，屋子里混合着奶酪、洋葱和各种调料的味道，挑逗着人们的食欲。三人找了一个四人位坐下，各自点餐，然后聊起最近的组织调整。

这次的组织调整来得非常突然。谢丽记得是一个周五的晚上，那时她刚加完班准备回家，忽然进来一个标志“URGENT”（紧急）的邮件，说中国时间晚上 9 点半后有个紧急的关于能源事业群的组织公告要宣布，让所有能参加会议的人都参加。

谢丽一看时间，只剩下半个小时，于是她坐了下来，一边静静地等待着会议开始，一边好奇地猜想会议的内容。

半个小时很快就过去了。谢丽打开会议链接进到会议室，很多人已经在线，主要是来自欧美的同事。

能源事业群的公共关系总监先给大家致歉，因为这次会议的安排实在过于仓促。接着，她宣布能源事业群将被撤销，其下属的三个集团将独立，各集团的 CEO 直接向 DF 全球 CEO 汇报，这个安排将从即日起生效。同时，原能源事业群的 CEO 继续服务到年底，做好工作交接。

这个消息对线上的听众来说显然是晴天霹雳！

大家躁动起来，一些人问能源事业群 CEO 交接完工作后的去向，她说“Sorry, I don’t know.”（对不起，我不知道）；另一些人则问能源事业群人力资源副总裁接下来的工作安排，她回答“I don’t know, you can ask her directly.”（我不知道，你可以直接去问她）。

谢丽听完会议，没有特别的感受，毕竟对在中国区的他们来说，汇报线没有变化，该干嘛还得干嘛。

然而，事情显然没有她想的那么简单。

一周后，工业能源全球人力资源副总裁 Susan Palmer 在给她的邮件中写道，为了配合能源管理集团的组织优化和提升组织效能，工业能源将在全球范围内进行组织简化，具体事宜将在全球人力资源大会上讨论。

在她来美国之前，她听见同事们私下议论，能源事业群的销量占 DF 所有产品线销量的 25%，加之其 CEO 比 DF 现任全球 CEO 在公司的服务年限长，在公司积累了很广的人脉，所以对现任全球 CEO 不太买账。这次的组织调整，实际上是把能源事业群 CEO 架空了，意味着他和 DF 全球 CEO 之间的明争暗斗的失败。

谢丽早就知道 DF 是办公室政治很重的地方，不过前任全球 CEO 已经采取了很多变革措施，尽量减少官僚主义和山头主义，所以这家公司连续几年都被评为全球最受尊敬的公司。

随着前任全球 CEO 的退休和现任 CEO 的走马上任，从谢丽加入 DF 后的观察来看，相比于其他公司，DF 员工的工作更有激情，团队之间的支持更有效，不过官僚主义也有了复兴的苗头，尤其是在高管中。

菜很快上来了，三人一边大快朵颐，一边聊能源事业群撤销可能带来的负面影响，尤其是员工们对公司的信心时，在 DF 工作了近 15 年的 Ray 情绪顿时激动起来。

“I understand it would have impact on some people. Nevertheless, DF still is the best company in this country. American people love DF, and we are proud of being DFer!”（我了解它会对一些人带来影响。尽管如此，DF 依然是这个国家最好的公司。美国人热爱 DF，我们为成为 DF 的员工而自豪!）

听 Ray 如是说，谢丽沉默了。

她理解他的心情。虽然这次组织调整看起来的确是合理的，但那些因为能源事业群被撤销而失去工作的高管，有多少能被内部其他事业群或集团消化，又有多少得另觅他就，谢丽一想起来就觉得很痛心。

这些人是 DF 做了大量投入培养起来的领导人才，有着丰富的管理经验，对 DF 也有着深厚的感情。就算组织调整变化在 DF 是家常便饭，不过一个事业群的高管被裁撤这样的情况并不多见。

谢丽见氛围有些紧张，就转移话题，让 Marco 讲一下法拉利与 DF 的不同。Marco 兴致盎然地分享起来，气氛逐渐缓和了下来。

第二十三节

第二天，Susan Palmer 给大家讲解了组织简化的安排。

看到软件产品线因为全球业绩不好进行的大“调整”（裁员），谢丽脑子里放电影一样地闪过中国区即将受影响人员的名字和脸。她已经想好回去后立刻和 Harris 杜沟通，看在 DF 人脉宽广的他能否能帮助这些人在内部找到合适的机会。即使不能全部解决，能解决多少是多少。

下午 4 点，会议准时结束。谢丽想打车去市区帮朋友买爱马仕的皮带，便去找 Ray 问如何在公司门口叫出租车。

Susan Palmer 刚好听到他俩的对话，问谢丽去市中心做什么。在谢丽告诉她自己去市区的目的后，她让谢丽等一下，说可以捎上她。

谢丽坐在副驾驶的座位上，和 Susan Palmer 有一搭没一搭地聊着。尽管在外企的工作经历和在澳洲的生活让她可以很自如地与西方人打交道，不过让自己的顶头上司当司机载自己去购物，即使是搭便车，谢丽的心里还是七上八下的。

通过聊天，谢丽得知原来 Susan Palmer 小时候也有一段时期在 Adelaide（阿德莱德）度过。那时的她还在读小学，父母因工作调动曾在 Adelaide（阿德莱德）的西海岸住过一段时期。她家离海滩不远，最喜欢跟着父母去海滩踩水玩。

因为曾在相同的城市生活过，两人的距离拉近了。

Susan Palmer 很喜欢谢丽。虽然谢丽加入工业能源时她没有参与面试，不过通过一年的互动，相比于谢丽的前任，她更喜欢后者的激情、认真、聪明和敬业。

她也观察到，自从谢丽加入以来，工业能源中国区的人力资源工作日新月异，自己要实施的一些政策和流程都能得到顺利落地。所以，她在谢丽的第一年绩效评估中做了好评，希望她继续努力，帮助工业能源中国区搭建起业务发展所需的领导梯队。

两人继续聊着，车行进到一条不是很宽的街道，谢丽一眼就看到了爱马仕的标志。待车停稳后，谢丽和 Susan Palmer 一起进入商店。

街道上的爱马仕专卖店门面并不大，在里面选购商品的人也不多。在导购员的帮助下，谢丽很快找到了朋友要的皮带。当售货员报出 1050 美元的售价时，谢丽从容地掏出信用卡付款。

Susan Palmer 试了一下手镯，感觉不是太满意。于是，待谢丽付完款后，两人回到了车上。她看了下时间觉得还早，便推荐谢丽去逛一下当地最时尚的购物大厦，谢丽自然同意。

翌日，法国人力资源总监 Pierre 走到谢丽的座位上，礼节性地问候了她，并问："I heard Susan driving you to shopping?"（我听说 Susan 载你去购物了?）谢丽给了肯定的答复后，他笑盈盈地走了。

随后，又有几个同事笑嘻嘻地过来问相同的问题，虽好奇为什么这件事会如此得到关注，谢丽还是礼貌地回答了“Yes”，说自己去市区帮朋友买东西。

后来谢丽才知道，Susan Palmer 在办公室里是个不太容易亲近的人。尽管年龄在 40 岁左右，不过她管理工业能源全球 CEO 的娴熟技巧，对工作的严谨以及在专业领域的造诣，都令人敬佩，是属于 DF 总部资深高管人员的高潜人士。即使在 Atlanta（亚特兰大）总部，大家平常和她说话都很礼貌且恭敬。载同事去购物，这应该是第一次，自然成了新闻。

第二十四节

根据安排，接下来是与各个产品线的负责人们一起面试高管高潜候选人和团队建设活动。

首先是面试高管高潜候选人。谢丽与印度的 HR 负责人 Sanjay 被安排在一组，与工业能源研发负责人、生产制造负责人及电网产品线负责人一起面试。

他们一起面试了 3 个候选人，一个是美国的销售总监，另一个是来自巴西合资公司的厂长，还有一个是法国的市场营销总监，给他们印象最为深刻的是巴西合资公司厂长 Danny。

Danny 是个巴西籍日本人，从小就能流利地说西班牙语、英语和日语。他自信流畅地将自己如何组建合资公司团队、如何处理文化差异以及如何将产量稳步提升到最佳水平做了很好的介绍。对几个面试人员提出的富有挑战性的问题，他都从容作答。（后来，在谢丽离开 DF 后，Danny 被派往了中国，任职工业能源合资公司的总经理，此处暂且不表。）

面试结束后，谢丽和几个负责人一起讨论给予几个候选人的评价，她的专业点评让几个业务负责人频频点头。同时，她也注意到，有一个词经常在几个业务负责人的评价中出现，那就是“DF DNA”（DF 文化基因）。

当时，谢丽为了这点还发表了一番高论。她认为不应该如此聚焦和强调候选人是否有 DF DNA（DF 文化基因），而应该更多地看候选人自身的资质能力及潜力。几个业务负责人没有多说话，只是笑了笑。

结束时，生产制造的负责人对她说：“Shirley，stay with DF for a while，and you will understand.”（谢丽，你再在 DF 多待一阵子，你就会了解了。）

谢丽有些不知所云，下意识地回答了一个词“OK”。在她后来与新任的工业能源总经理交流中，以及离开 DF 后的岁月里，她明白了这句话的深意。

团队建设是放在周四。水上寻宝后，谢丽和大家一起打起排球比赛。她从小学起就开始打排球，从初中起就是校排球队的队员，这个对她来说简直是轻车熟路。

只见她一记上手飘球的发球，对面的 Ray 没接住，球飞起来把他鼻梁上的眼镜打飞了，鼻梁也被剐伤了。

“Shirley，you should join Olympic Game!”（谢丽，你应该参加奥林匹克比赛!）Ray 处理了鼻梁上的伤，做了个鬼脸，夸张地对谢丽说。

“Thanks，I started to play volleyball since primary school.”（谢谢！我从小学起就开始打排球了。）谢丽有些骄傲地高声回答。

排球比赛的结果自然是谢丽所在的一队赢了，大家开心地喝着可乐，吃着比萨，聊一些不太重要的琐事。

看到工业能源软件产品线的 HRBP（人力资源业务伙伴）Charles 拿了瓶可乐一个人坐在一张长条桌边休息，谢丽走过去和他聊软件产品线组织架构调整的事。

从与 Charles 的聊天中，她了解到软件产品线的业务负责人 Dean 是个不太好相处的人。一旦他做了决定，就很难有人能影响他，即使是 Susan Palmer。

这次组织架构调整对亚太的影响没有其他地区大，但也有 30 多人受影响。如果需要进一步的沟通，他建议谢丽可以直接找机会和 Dean 谈谈。谢丽记下了这些信息，计划着回去怎样和 Harris 杜沟通。

周六，谢丽坐上了返回上海的班机。

这次的美国之行，让她深深感受到了 DF 美国总部的文化氛围，也与工业能源全球的 HR 团队成员变得熟悉。因为这种熟悉，她越来越热爱自己的团队和这家公司。

第二十五节

周一早上 8 点过一点，谢丽刚到公司，Harris 杜就给她打了个电话，说有事和她说。

见到神采奕奕的谢丽，Hariss 杜笑眯眯地看着她，说她今天穿的藏青色灰花纹的 V 领连衣裙很好看，整个人看起来很 nice（美丽）。

谢丽的脸有些微热，微笑着对 Harris 杜说了声“谢谢”，随即问找自己什么事。

Harris 杜告诉她工业能源新任的中国区总经理 Joanna 杨很快就要来上班了。因她是和自己的先生一起来的，Harris 杜让谢丽留意下附近的高档小区和公寓，看能不能帮忙租到一套好房子，并告诉她预算在人民币 2 万元左右。

从 Harris 杜的简单介绍来看，Joanna 杨是个美籍华人，“文革”后的第一批大学生，毕业于清华大学，以前在 DF 工作过，曾是 DF 中国负责奥林匹克商务项目的总监。

后来她去了竞争对手那工作了几年，然后成了一家小型美国公司的中国区 CEO。这家美国公司最近被一家日本公司收购，因为巨大的文化差异，Joanna 杨心生去意。正好 DF 找到她，问她是否愿意回来继续工作。尽管工业能源的规模相对偏小，不过未来的发展机会不错，她便爽快地答应了。

谢丽在美国时就听 Susan Palmer 提到过这件事，还说 Joanna 杨的工作能力和个性都很强，让谢丽注意管理好她。现在 Harris 杜亲自给她找房子，而且预算在 2 万元左右，这是外籍高管派遣到中国租赁房屋的标准，可见大家对她回归的重视。

谢丽心里暗暗思忖，以后与这位新来的总经理一起工作，要格外小心。

谢丽问及 Joanna 杨的工作风格以及与她工作的注意事项，Harris 杜笑着说自己和她以前没工作过，不太了解，不过听说她是个“Strong Lady”（强悍的女人），让谢丽伺候好她。临了，他还加了一句“有时，换一个老板未必就是好事”。

谢丽听到最后这句话时，还不太了解其含义，心想兵来将挡、水来土掩。后来，她深刻领会到了这句话的含义，此乃后话。

和 Harris 杜聊完 Joanna 杨，谢丽跟 Harris 杜提及软件产品线组织架构调整的事。Harris 杜听完沉思了一会儿，说“我会尽量帮助你”。

自从第一次见谢丽，他便被这个真诚、对工作有着火一样的热情、率直得有些傻傻的女人打动了，尤其是谢丽和他谈及自己的职业规划和打算，他的眼睛有些潮热。他不自觉地想要去保护她，帮助她在 DF 一步步好好地走下去。

有时，他也被谢丽的直率搞得好气又好笑。他知道谢丽愿意听自己的，于是和她分享了自己正在阅读的南怀瑾的书籍，希望她能变得圆融一点。

谢丽也从 Harris 杜分享的书里接受到了不一样的思想。譬如郭子仪与鱼朝恩周旋，机智地化解两人的恩怨，如何与未成名的奸臣卢杞相处，保护自己及后代，还有抗金英雄岳飞被构陷而死的真正原因在于自己的耿直，等等。

谢丽觉得南怀瑾所宣扬的主张在 Harris 杜身上得到了很好的体现。Harris 杜给人的感觉不像典型的 DF HR 人员，他没有那种锋芒毕露的张扬和激进，外表像民国的教授，安静而儒雅，做什么都那么从容淡定，娓娓道来，脸上永远洋溢着温暖明朗的笑容，给人以安全感，让人愿意和他亲近。

同时，Harris 杜又是睿智有力量的，处理起事情来给人的印象是娴熟、坚定、果断且各方面都考虑得很周到。这也是他所在事业部被出售后的 2 年，他又被 DF 召回来并且给了他一个很大晋升的原因。

谢丽与 Harris 杜工作的时间越久，发现自己对他的依赖越重，很尊敬、崇拜他。用 Darren 郑的话说，谢丽把 Harris 杜当作神。谢丽虽口头上一再否认，不过能和 Harris 杜一起工作，她认为这是自己的幸运。

第二十六节

Joanna 杨在 8 月的第二个星期一出现在了上海办公室。

尽管她是北京人，不过身材却像南方人一样娇小玲珑，修剪得很好的短发让整个人看起来十分干练。前额上那一绺酒红色的头发，向人们宣告着她的时尚和独特。脸上紧实的皮肤虽不够细腻，不过也很难看出她还有几天就要过自己 50 岁的生日了。她说话的声音不高，清朗的笑声让人感觉到她的热情和平易近人。

谢丽协助她以最快的速度完成了入职手续。除安排她的直线下级与她的会谈外，还安排她与她的前任及现在的 Buddy（伙伴）Frank 褚的会谈。

在 DF，新员工入职时上级都会分配 Buddy（伙伴）帮助他/她适应公司的工作环境。谢丽当初入职时就有两个 Buddy（伙伴），直到现在她依然和他们保持着紧密的联系。

Joanna 杨和 Frank 褚的交流并不那么顺畅。

一是 Joanna 杨有她自己的骄傲，她认为自己在 DF 工作过，早就轻车熟路，Buddy（伙伴）的安排有些多余；二是从 Frank 褚的内心来讲，不太愿意承担 Buddy（伙伴）的角色，他认为像 Joanna 杨这么资深的管理人员不需要 Buddy（伙伴）。

所以，每次谢丽去约时间时，Frank 褚都以自己工作忙、在外出差为借口推掉。谢丽于是又拿出自己的看家本领，半撒娇半哀求，Frank 褚才勉强答应在周二上午给 Joanna 杨一个小时。

和 Frank 褚谈完后，Joanna 杨快步回到自己的办公室。谢丽问她聊得如何，她只是淡淡地说还行。随后便提及 Frank 褚告诉自己要小心谢丽，因为她那次未经 Frank 褚同意就发 Offer（邀约）的事。

谢丽没想到 Frank 褚至今还对那件事耿耿于怀，便把事情的前因后果跟 Joanna 杨解释了一下。Joanna 杨表示知道了，同时也提醒谢丽以后在这方面多注意，不要再犯相同的错误。

下午的管理会议上，工业能源的管理层到得特别齐，包括替代 Willy 范的 CFO Peter 袁以及高级财务经理 Sunny 彭。

原来的财务总监 Willy 范在年初的时候就离开了 DF，加入了一家小型欧洲公司做中国区 CFO。考虑到工业能源未来的发展，公司从能源事业群的油气集团抽调了非常资深的 Peter 袁过来做 CFO。随后，Peter 袁把自己原来的下属 Sunny 彭也调了过来，任高级财务经理，帮助他加强工业能源的财务管理。

那时还是 Frank 褚做工业能源中国区总经理，Peter 袁在职级上与 Frank 褚同级。在谢丽的印象中，Peter 袁只参加过一次管理会议。他有一次对谢丽说 Frank 褚的管理方式有问题，参加那样的会议没有太大的价值，于是后来的会议便让 Sunny 彭来参加，他自己则把主要的精力放在合资企业的谈判与筹建中。

Joanna 杨和市场营销总监 Silvia 薛一前一后进到会议室。Joanna 杨和谢丽说，她在另一家公司做销售总监时就和 Silvia 薛是同事，那时 Silvia 薛是市场营销部经理。此外，她和电网设备部的销售总监 David 黄也是同事，尽管当时不是上下级关系，但她很信任这两位。

谢丽听后笑着说这样真好，以前的同事现在一起工作，彼此都很熟悉，工作效率也会提高。其实，谢丽觉得 Joanna 杨一来就以亲疏区分自己的同事，自然会影响团队的气氛，尤其是团队协作。不过她和 Joanna 杨刚接触，还不便直接提醒她，心想等以后互相熟悉了再提醒。

Joanna 杨坐在会议室的首位，Silvia 薛紧靠着坐在她的身侧，会议开始了。

首先是两个销售总监汇报了各自销售的近况。能源控制设备部销售总监 Oliver 魏提出了按英国标准生产的 UPS（不间断电源）在中国不好卖，需要经过重新认证并且给经销商说好话别人才愿意进货，而且出了问题售后很麻烦。

除让 Oliver 魏继续与英国同事交涉产品研发的进度和标准外，Joanna 杨还给了他一个大大的表扬，认为他很积极、有韧性，即使是产品不符合中国标准，也在想方设法地推进。

轮到物流经理 Rick 潘，等他讲完库存和运输的情况，额头上已是一颗颗豆大的汗珠。也难怪，那库存的数字实在是太难看了，高得有些离谱。

Joanna 杨的脸色变得铁青，不过她极力压制着自己心里的怒气，平静地走到白板前，把销售数字和库存数字都列了出来，和大家分享自己的管理经验。同时，她着重强调了清库存的方法，要求 Rick 潘在一个月内将库存减少到合理范围，并要求两位销售总监配合他的工作。

Rick 潘一边连连点头称是，一边快速地在笔记本上记录着。谢丽看着他憋得通红的脸，想着在 Frank 褚时代每次开会他那慢吞吞、唯唯诺诺的表情，不觉困惑 Frank 褚为什么招他进来，还让他过了试用期，他的风格和专业水准都与 DF 的要求并不太符合。

第二十七节

不仅谢丽这样想，Joanna 杨也这样想。会后，Joanna 杨找到谢丽，对她说了自己对 Rick 潘的不满，说自己再观察他一阵子，如果没有明显的进步，她会换掉 Rick 潘。

同时，她也让谢丽开始着手找 Rick 潘的替代人选，当然此事也不用那么张扬，私下进行就好。谢丽自然心领神会，已经开始在心里筹划此事该怎样才能顺利进行，尤其是符合劳动法的程序。

说完 Rick 潘的事，谢丽抓住机会给 Joanna 杨提了软件产品线组织架构重组的事。如果算上研发中心那边的人员，中国区受影响的会有 30 人左右。这些都是这个领域一流的人才，裁撤容易，届时要再招回来就难了。

Joanna 杨说知道这么回事，她加入后的第一周去美国开了一次会，还和软件产品线负责人 Dean 一起聊了下这件事。

在她看来，软件产品在中国应该很有市场。之所以表现不好，是因为 Frank 褚对这个领域不太了解，不知道怎么卖，她自己会和 Dean 商量一下再决定如何调整。说到 Frank 褚对这个领域知之甚少，她的语气和眼神都透出不客气的意味。

周四晚上是全球人力资源副总裁 Susan Palmer 召开的工业能源全球 HR 例会，会议中她再次强调了组织简化的要求。

经与工业能源全球 CEO 再次确定，除对软件产品线进行优化外，其他产品线也需进行优化，每个区域都要减少 25%的人工成本。此事，CEO 已经在当晚同时与各区域总经理进行了交流。她希望每个区域的 HR 负责人协助区域总经理，做好人员和工作的安排，在两周之内将组织优化的初稿交给她。

翌日，Joanna 杨把谢丽叫进办公室，和她商量组织优化的事宜。她说，中国区不仅有自己的团队，还有常国立的团队，此事常国立也要参与。

常国立是工业能源业务发展的总经理，清华大学毕业，和能源事业群中国区的 CEO James 文一起加入 DF，两人既是校友，也是很好的朋友。

常国立加入DF后发展不错，从商务管培生一路升到了输配电的业务总监。经过几次组织调整，常国立现在负责工业能源的并购合资项目，和之前的Frank褚平级，工作常住地在北京。

谢丽记得在入职培训时问过原来的上司Linda张，为什么工业能源这个中国区年销售收入在5000万美元的小BU（事业部）要配两个高薪总经理，且常国立只负责与并购合资相关的业务发展项目，这样的安排成本过高，很不合理。

Linda张当时说工业能源的前身就是输配电事业部，组织调整后常国立暂时没有其他合适的去处，研发出身的Frank褚商务能力还有待提升，所以做了这样的安排，也算是互补。

谢丽听Joanna杨提到常国立的团队，脑海里便浮现出那张简单得不能再简单的组织架构图。

常国立的团队包括他自己在内只有5个人，除了一个正在合资公司项目中的BD（业务发展）经理Mia沈，剩下的3个都在合资公司任职。要对他的团队进行精简，会很有难度。

但当谢丽和常国立提及组织优化一事时，常国立表示一定会积极地支持，并提了一个人的名字，是华中合资公司总经理Edward何。

Edward何已经50岁了，最早是DF一家合资公司的中方管理人员，曾经和DHI的厂长Willis董做过同事，管过几家工厂。后来几经周折，他被派到工业能源华中合资公司去做总经理。

据谢丽了解，Edward何的工作风格更适合管生产制造，硬朗有余，圆融不足，而且商务方面的经验不够，整个合资公司的绩效很难看，已经被合资公司的中方投诉了好几次。

常国立因此也很头大，一直没有找到合适的解决方案。现在正好遇上组织优化，想着Edward何每年的百万年薪，他便想借此机会换掉这个让自己头痛的人，同时找一个经济适用型的总经理。

第二十八节

这天，当谢丽给Joanna杨汇报组织优化的计划，在提及软件产品线的人员时，Joanna杨气咻咻地说把软件产品线的人全算上，包括研发中心的人。

“姐姐，你不是说和Dean谈要留一些人的吗？现在怎么要全算上了？”谢丽小心地问。

姐姐，是她对Joanna杨的亲昵称呼。随着与Joanna杨的关系变得熟络，她俩便以姐妹相称，即使在公开场合两人也不避讳。

“别跟我提那个Dean！他简直就是头顽固不化的蠢驴！我找了他好几次他都不理我。这件事我也不管了，他爱咋样就咋样，反正他承担后果！”Joanna杨生气地回道，声调一下子高了起来。

谢丽还是第一次看到Joanna杨如此生气，心想继续问下去可能也没有结果，于是转移了话题，谈到常国立的安排上。

说起常国立，Joanna 杨便对谢丽说全球 CEO 正安排自己加入合资公司的谈判团队并成为谈判的主要成员，届时常国立会成为自己的副手，而她会成为工业能源中国区“真正的总经理”。说完这些，她的嘴角扬起了骄傲又得意的微笑。

Joanna 杨之所以愿意回到 DF 的另一个原因，是因为公司对她的承诺。回来后不仅原来 Frank 褚的商务团队归她管辖，也包括常国立的 BD（业务发展）团队。

也就是说，DF 下辖的两个合资企业，包括正在谈判的、在 DF 投资规模占第三的合资公司也归她管。这样的安排，才配得上她这个曾经的奥林匹克项目商务总监，也才有空间发挥她强悍的领导力，当然也有她的管控欲。

Joanna 杨太了解拥有权力意味着什么。她是有野心的，并且可以说野心不小。她也喜欢别人敬畏她的权力，甚至是顺从她的权力。想起她到上海来的第一天的欢迎午餐上，几个总监殷勤地轮流给她夹菜，还为自己的生日特意准备了长寿面和生日蛋糕，这些都让她很受用。

Joanna 杨回来后和常国立见过几次，并和他一起拜访过那两家合资企业，对常国立和这两家合资企业的经营表现是非常不满的。用她的话来说，常国立温吞吞的，成不了事。

同时，Joanna 杨也听说常国立过去在合资企业谈判时，有不顾 DF 利益的问题，这更加重了她对常国立的不满。只是，碍于常国立和中国区 CEO James 文的关系，她不好发作，只能隐忍着，对着常国立依然笑容满面，彬彬有礼。

谢丽回到办公室，想着软件产品线组织重构的事以及 Joanna 杨生气的原因，她很希望自己能做点什么打破这个僵局。

最终，她写了封邮件给软件产品线的负责人 Dean 和产品线 HRBP（人力资源业务伙伴）Charles，较为详细地陈述了软件产品线在中国市场的过去和未来，很诚恳地希望他们能就此产品线在中国区的组织重构慎重考虑，并把这封邮件抄送给了 Joanna 杨。

在谢丽以为自己的邮件会石沉大海时，Dean 回复了一个简短的邮件，说愿意在最近和她及 Joanna 杨开一个会，讨论下软件产品线在中国的安排。

正当谢丽开心之时，Joanna 杨走到她的办公室来，对她表示了谢意，并让她给自己的助理约时间。

Joanna 杨的助理叫 Dianna 邱，32 岁左右，上海当地人，有一个正在念幼儿园大班的女儿，是美国一所不太知名大学的 MBA。在加入 DF 前，她在一家德国公司做过销售助理、市场营销专员以及总经理助理。

在 Joanna 杨接受 Offer（邀约）后，Harris 杜就让谢丽给她找助理，并说明了条件。这个 Dianna 邱是 Harris 杜与能源转换事业部总经理共享的助理推荐的。

在比较了其他几个候选人后，Joanna 杨选了 Dianna 邱。虽然她看起来不那么聪明灵动，不过比较稳重成熟和懂事。还有一点很重要，她是 Harris 杜的人推荐的。

谢丽和 Dianna 邱约好了时间，两人随便又聊了一会儿。谈话中，谢丽知道 Joanna 杨近期会和常国立一起去参加合资公司的谈判，同行的还有 Peter 袁。

谢丽知道这应该是谈判的最后阶段了，如果顺利，合同这次就应该签下来了。

第四部分　风云突变

第二十九节

Joanna 杨出差回来了，一进门就满面春风地递给谢丽一杯焦糖玛奇朵，还煞有介事地和她干杯。

“搞定了?”聪明的谢丽喝了口香甜的咖啡，向她确认道。

“那是！我出马没有搞不定的!”Joanna 杨志得意满地扬起头骄傲地回道。

“恭喜姐姐！姐姐中午请吃饭!”

“没问题，小 case（小事一桩），中午餐厅二楼请你吃炒海鲜!”

“好呀，到时见!”

午餐时分，Joanna 杨和谢丽一人端了一盘炒海鲜面对面地坐着，聊着合资企业谈判的事。

Joanna 杨说合同正式谈下来了，美国总部那边也基本通过了，过几天会发正式通告。接下来，就是搭建组织和人力资源相关的事。

根据合资合同，组织设计和人力资源管理方面的事由 DF 来主导，与合资公司产品线相关的员工届时也需要派遣到合资公司去工作，支持技术转移和合资公司的建设，具体内容由 Harris 杜和谢丽去谈。

谢丽记得原上司 Linda 张还在的时候，就要过与合资公司产品线相关的人员名单和相关信息，当时是 30 多个员工。如果按照合同的规定，意味着这 30 多个员工需要派遣到合资公司去工作。

合资公司在西安，而这些员工的家庭大部分都在上海和北京，首先工作地点就是一个问题。其次就是工资，DF 员工的薪资是以市场值的 65 分位来参考的，合资公司本来就要降低成本，这显然不是合资公司愿意承受的。但如果不按照这样的薪资支付，这些员工是留不住的，而技术转移和支持合资公司的建设到时就显然成了一句空话。谢丽想到这里，感觉一座巨石即将压下来。

谢丽自然而然地想到了 Harris 杜，心想这个久经沙场、管过几个合资公司的老将一定会有办法，不免又轻松起来。

她换了个话题，和 Joanna 杨谈及自己在能源转换事业部的发现。

那天，谢丽和能源管理集团的几个 HRBP（人力资源业务伙伴）一起，到能源转换事业部所在的办公楼去参加 Harris 杜召开的集团 HR 季度会议。

在能源转换事业部 HRBP（人力资源业务伙伴）和几个工程师的介绍下，她吃惊地发现这个事业部的开关柜、电机及其他的一些产品与工业能源的一些产品非常相似，有些几乎是重合。

团队晚餐时，她把这个发现跟 Harris 杜讲了。Harris 杜说这不奇怪，DF 经常做一些收购合并，有时产品线相类似是正常的事。

读过 MBA 的谢丽可不这么想，她认为可以将两个部门合并，这样就能节约资源尤其是人力资源。同时，销售人员也可以一起将产品打包销售，而不是同一集团的两个事业部互相争抢客户资源。

Harris 杜细听下来觉得很有道理，然而合并产品线需要全球总部决定，毕竟是涉及两个事业部的事，他当时就没有再多说什么。

现在，谢丽把这个发现和自己的想法也跟 Joanna 杨讲了，想听听这个业务能力很强的领导的看法。

Joanna 杨默不作声地听完，说了句“有想法”，就把话题转到自己来 DF 之前工作过的那家美国小公司。

谢丽一边兴致勃勃地吃海鲜，一边听 Joanna 杨讲故事，不时还附和几声，一顿饭吃得其乐融融。除了听到谢丽无意识地讲了那句“大公司也是从小公司起来的”时，Joanna 杨的脸色微微有些不悦。

一周之后，Joanna 杨召开了全体员工会议，跟大家通报了合资公司合同正式签订下来的消息。

与 DF 合资的中方新力电气是西北的一家国企，离西安不远，出资占比为51%，算是合资公司的大股东。DF与其合资的产品线是S产品线，故合资公司也被简称为SJV。

这个合资是双赢的举措。有了SJV，DF在S产品线等相关设备方面便了本土的研发、生产基地，再不用从北美进口到中国；新力电气则可以借助DF在国外的声誉和销售渠道，将自己的特色产品卖到北美市场。

对于与合资产品线相关的员工，几个关键点也被确定了下来。譬如，他们的薪资在派遣的第一年维持原状，将来会在上海设立销售办公室，不愿接受派遣的员工的离职补偿标准，等等。

想到SJV的合同刚签下来，离正式运作还有至少半年的时间，且还需要相关政府部门的批复，加上这几个关键点的确定，相关联的员工们原本紧绷的心放松了下来。他们觉得，就算将来不愿去SJV工作，也有足够的时间来准备。

第三十节

因为有了SJV，全球人力资源副总裁Susan Palmer在给谢丽的邮件中说中国暂时不用考虑25%人力成本减少的事，但Joanna杨不这么认为。

Joanna杨认为工业能源团队目前的整体能力偏弱，尤其是销售团队，她需要进行组织调整并进行必要的换血。至于如何调整，她想让管理团队自己讨论出一个方案来。

这天下午，工业能源管理团队包括谢丽在内，在引导师 Bonnie 曹的带领下，进行了组织调整方案的讨论。

Bonnie 曹是能源管理集团 HR 团队中负责培训和组织发展的经理，来自台湾地区，在 DF 已经工作了五年多。谢丽第一眼见她时就喜欢她，不仅因为她外表甜美温婉，微笑起来像凤凰卫视的柯蓝，还因为她表达观点时的从容淡定，娓娓道来。

Bonnie 曹尽管还不到 30 岁，不过她思想的深刻和观察的敏锐，其成熟度已大大超出她的实际年龄。Harris 杜也很喜欢她，好几次在同事面前称赞她独到的观察点和直击主题的精准阐释。

所以当 Joanna 杨提及要管理团队自行讨论出一个组织调整的方案时，Harris 杜第一时间引荐了 Bonnie 曹，他知道她带领“群策群力”工作坊的功力。而这一点，恰恰是加入 DF 刚满一年多一点的谢丽所缺少的。

当知道派 Bonnie 曹来带领管理团队讨论时，谢丽心里掠过隐隐的不爽。不过，这阵不爽也就是短短的一刹那。

虽然谢丽是一个好强的人，但同时也是一个喜欢学习的人。想着正好可以趁这个机会观察一下 Bonnie 曹是如何引导工作坊的，她欣然接受了。

Bonnie 曹先做了一个开场。每个人在她的引导下，用彩色图片画了一个代表家乡特征的标志，然后介绍自己的家乡以及当地的土特产。就这样，大家很轻松地打开了自己，进入了讨论会的场域。

随即，Bonnie 曹开始引导大家思考和讨论了几个问题：1）工业能源的现状及理想状态；2）形成现状的原因；3）要实现理想状态可能遭遇的挑战；4）如何应对这些挑战；5）下一步行动计划。

谢丽观察到，在 Bonnie 曹的引导下，每一个与会者都全身心地投入到思考和讨论中，即使是物流经理 Rick 潘，也指着白板上的信息头头是道地发表自己的意见，一扫平日唯唯诺诺的表现。

更令谢丽印象深刻的是高级财务经理 Sunny 彭，即使有 CFO Peter 袁在现场指指点点，她也总是能调出数据，思维敏捷地发表一些不同的观点。从她的整个表达来看，逻辑严丝合缝，简洁有力。由此，谢丽越发懂得为什么 Peter 袁要把 Sunny 彭调过来做自己的助手了。

原定于 5 点结束的工作坊在一番热烈的讨论中，直到傍晚 6 点半才结束，Joanna 杨过来听了大家的汇报，脸上露出甚为满意的笑容。

根据工作坊讨论的结果，与其他两个合资公司产品线相关的销售人员将转移至合资公司。

与 SJV 产品线的员工一样，这些人在第一年以派遣的形式到合资公司工作，工资维持现状不变，派遣期满后员工将与合资公司签订劳动合同。对于那些不愿接受派遣的员工，公司将根据我国《劳动合同法》给予离职补偿。

同时，将增设项目团队，负责非合资公司产品线的产品在中国区的销售。此外，一些职能部门也因此次组织架构和人员调整而进行变动。

在谢丽把受组织调整影响的人员名单交给 Joanna 杨审阅时，Joanna 杨说，把 Rick 潘放进去。

谢丽有些犹豫，那次工作坊让她看到了 Rick 潘的经验和处理问题的能力，她对这个人的印象已经有所改观。

Joanna 杨却说她虽然看到了 Rick 潘在努力改进，不过速度和效果还没有达到自己的要求，所以让谢丽一定把 Rick 潘的名字放进名单。

想到 Joanna 杨毕竟是 Rick 潘的直接上司，且自己已经表达了观点，既然直接上司如此坚持，谢丽只好把 Rick 潘的名字放入了名单中。

第三十一节

随着 SJV 的快速推进，Harris 杜和谢丽说让她随自己去一趟西安，和新力电气的相关人员讨论组织架构的设计和人员派遣事宜。

谢丽虽早就盼望这一天了，不过心里还是有些踌躇。她从来就不喜欢国企的工作氛围，觉得太官僚了，理念也陈旧，这也是她和做警察的哥哥无法深入沟通的主要原因。此外，她在外企工作了近15年，加上又刚从澳洲回来，已经习惯了中英文夹杂的沟通方式，有时一急甚至全程讲英文。这样去谈判，肯定会影响交流的效果。

中午吃完饭在路上遇到Harris杜，她把自己的顾虑告诉了他。Harris杜“哦”了一声，一路走，一路低头沉思。

“没事，你趁这几天多练练中文。如果你自己讲了英文单词，就给他们解释一下意思。不过说实话，我也不太喜欢中英文夹杂过多的交流方式，你以后要注意。如果你要在DF发展，需要去面对不同类型的人，并采用适合他们的方式去沟通。”Harris杜眼盯着前方说道。这一次，他的面色收拢，一脸严肃。

“明白，谢谢你的提醒!”谢丽答道，内心依然忐忑不安。

Harris杜一直是有心想帮助谢丽在DF有所发展的，不过最近几次Joanna杨和他开会时都提及谢丽依然“年轻”，说话不晓得给人留情面，有几次让自己不舒服，没把她这个总经理放在眼里。

Harris杜打圆场地对Joanna杨说她想多了，谢丽肯定是尊敬她的，并很积极地支持她的工作。之所以这样主要是因为谢丽比较单纯，在外企工作的时间很长，对中国的人情世故不太上心，加上又刚从澳洲回来，需要给她时间历练，他会帮助她的，Joanna杨这才悻悻作罢。

他这次选择让谢丽和自己一起去和新力电气谈判，也是想磨炼谢丽的适应能力。如果她能突破自己的成见和语言关与新力电气的相关领导顺畅交流，那就证明她的确是有发展的潜力的。

周四下午1点半，谢丽已经在西安人民路喜来登酒店的房间里了。

因为下午3点要和业务发展总经理常国立及业务发展经理Mia沈一起和新力电气的人开会，她选了早上7点半的航班。结果飞机晚点，12点多才到机场，等她赶到酒店入住后，已经是下午1点多了。而Harris杜说自己在成都有事要处理，会从成都飞往西安，于是，两人约好在酒店大堂见面。

谢丽整理好行李正准备梳洗，Mia沈给她打来电话说新力电气的领导临时有事，和他们的会议推迟到第二天早上9点，让他们先在酒店好好休息。

谢丽心想正好可以睡个午觉。为了赶航班，她早上5点多就起床了，现在已经很是疲惫。她拉好窗帘，换好睡衣，上床休息。

刚睡意正浓，一阵铃声把她吵醒。她眯着眼睛一看，原来是Harris杜。

她接了电话，告诉他下午会议取消的事。Harris杜说自己收到Mia沈发的短信了，那时自己还在飞机上。接着他说既然会议取消了，让谢丽陪自己出去走走。

谢丽说想睡午觉，Harris杜力劝她跟自己出去走走，说走走就不困了。见Harris杜如此坚决，谢丽也不好再拒绝。

她只好从床上爬起来，用冷水洗了脸，换上休闲装，到大堂去找到 Harris 杜，两人便出了古色古香的酒店大门，沿着人民路往当地著名的回民街走。

第三十二节

回民街对于谢丽来说并不陌生，她的前夫就是西安人，谈恋爱期间以及婚后，她多次来西安和前夫及其家人相聚。

回民街是谢丽的前夫经常领她光顾的地方，因为她喜欢这里的一些民俗手工艺品以及好吃的镜糕。现在和上司再次来到这条街，她的心情可谓五味杂陈。

街上是一幅活色生香的热闹光景。街道两边的小商贩有卖红枣的，有卖馕的，有卖柿子糕和稠酒的，也有卖按照兵马俑的形状打造的铁俑像的，还有卖皮影折纸的。一些回族人在路边设了烤羊肉串摊，羊肉被炙烤出来的油滴落在火炭上，青烟直冲云霄。

Harris 杜领着谢丽在来来往往的人群中饶有兴致地逛着，一会儿看看红枣，一会儿看看柿子糕，嘴里念叨着请谢丽吃羊肉串。

随即，他果然买了两大串的羊肉串，递给谢丽一串让她吃。谢丽尝了一口，味道和在乌鲁木齐吃的相差不大，便胃口大开。有了食物进腹，加上这一路走来的精力分散，谢丽的困意也不知什么时候完全消散了。

“Shirley，我觉得你不适合和中国人打交道，更适合和老外一起工作。”Harris 杜和谢丽有一搭没一搭地聊着，忽然说了这么一句。

“为什么？你为什么会这么想？”谢丽听自己的上司这么讲，有些奇怪地问道，不由得警觉起来。

“你太单纯了，性格又耿直，在复杂的环境中容易吃亏。如果你想在 DF 继续发展下去，你的性格要调整。”Harris 杜继续说道，然后分享了自己在职业初期因为耿直而遭受挫折的经历。

“所以，人要多修练自己，中而不庸，这样才能在社会上获得一席之地。就拿我来讲，尽管常欢不喜欢我，不过还是有人保我，让我回来。”Harris 杜语重心长地说给谢丽听，同时又似乎是在说给自己听。说到有人保自己回来，语气中略显得意。

“那你觉得 Ellie 申怎么样？”Ellie 申原是能源电力事业群中国区的人力资源总监，最近刚被任命为 DF 中国区的组织发展总监，是 DF 中国区人力资源负责人常欢的副手，也可以说是常欢的继任者。

谢丽 5 年前在一次 HR 峰会上认识了 Ellie 申，当时 Ellie 申还是负责 DF 中国招聘和组织发展的经理。之后她和 Ellie 申一直保持着联系，时不时地约饭，互相分享自己的工作近况。

这次她能加入 DF，也是因为 Ellie 申的推荐。她加入后和 Ellie 申还一起吃过两次饭，感觉到随着 Ellie 申的晋升，虽然对自己依然很随和，不过言语之间能感觉到她对人际拿捏的娴熟和做事的强悍风格。

Harris杜听谢丽提到Ellie申，虽觉得有些奇怪，不过并没有往深处想。

“她是人力资源管培生出身，常欢很喜欢她，很多人觉得她很tough（强硬），即使对业务老大们也是如此。DF的女HR们一个个如狼似虎的，不过我和她的交情不深。”Harris杜低着头笑着说道。

“我和Ellie申很早就认识了，这次加入DF还是她介绍的。我倒觉得她不那么凶，她很睿智，也很nice（随和）。”谢丽无意中向Harris杜说明了自己和Ellie申的关系以及自己对她的看法。

“哦，那你为什么不去她的团队工作?”Harris杜听谢丽如是说，收敛了笑意。

“我回国时正好工业能源招人，而且我也喜欢和你们一起工作。”谢丽听出了Harris杜语气中的不善，赶忙解释，语气中带了些讨好。

她心里对自己的大嘴巴懊恼不已，隐约觉得Harris杜会为此不快。

她早就知道DF内部派系林立，常欢喜欢Ellie申并把她当作自己的接班人，而常欢又不那么喜欢Harris杜，自己和Ellie申是老相识且还算得上是朋友，他也许会因此而介怀。

Harris杜的确有些介怀了。他和Ellie申几乎是同年加入DF

的，虽说是平级，不过，与有美国名牌大学MBA及顶级高科技公司工作背景的Ellie申相比，普通重点大学的教育经历和基本是二流外企的工作背景，使得他显得不那么有竞争力了。

谢丽随口说出的信息引起了他的警觉。在这之前他是把谢丽当自己人来对待的，对她不太有保留的。现在既然知道她是Ellie申的人，自然是要留意一点儿。不过他觉得谢丽很单纯，自己应该可以很好地管理她，也就很快放松了下来。

Harris杜在回民街转了一会儿，称中午在飞机上没吃好，有些饿了。熟门熟路的谢丽说可以带他去旁边的粉巷吃裤袋面。

两人在粉巷走了一会儿，没看到熟悉的面铺，谢丽便说给自己的前夫打个电话问一下。

Harris杜一听便立即阻止了她，说："有些事已经过去了，就不要再联系了。"

谢丽自己起初倒觉得没什么。虽然离婚已经有5年之久，不过凭她对前夫的了解，问个地点前夫还是愿意帮忙的。现在经Harris杜这么一说，也觉得的确不太好，于是作罢。

两人继续一边走一边看路边的小吃店，功夫不负有心人，在谢丽快要失望的时候，他们终于看到裤袋面的招牌。

谢丽帮两人点好面条，又推荐了冰峰牌的汽水给Harris杜，并讲起可口可乐想收购冰峰但失败的故事。

Harris杜听完，只说了一句："我们的民族企业现在被外企打压得基本都没市场了，像冰峰这样还能活下去的企业也就是凤毛鳞角。不过就算它们活下来了，估计日子也不好过。”

谢丽不太明白 Harris 杜为什么会说这样一句话，心想这也许就只是一句感叹吧，也不再深想。后来她才知道，Harris 杜对民族企业充满了同情，这也使得他在 SJV 的工作中给中方开了绿灯。

第三十三节

第二天一大早，谢丽和 Harris 杜在酒店大堂见到了 Mia 沈和常国立。

这两人都穿得很正式。常国立是藏青色的西服、西裤，白衬衣上打了条银灰的领带，比平常看起来精神很多。Mia 沈则上着双扣的白西服，下面是黑西裤，整套西服看起来很合身，衬得她整个人精神盎然、神采奕奕。

这是谢丽第二次见 Mia 沈，第一次是 Mia 沈晋升时。那时谢丽刚加入 DF 不久，上级还是 Linda 张。

那天 Mia 沈到办公室来找她，说常国立同意给自己晋升一级，问流程该怎么走。谢丽按照流程给她做了个评估，发现她还不完全具备晋升的条件，尤其是她领导力的成熟度并没达到要求。

此时 Linda 张介入了，说 Mia 沈在 DF 已经工作了 6 年，很努力，也很有激情。如果这次晋升失败，她很有可能另寻他就。当下她是合资公司谈判的主力人员，无论如何也不能让她流失。就这样，Mia 沈的晋升获得了批准。

这次 Joanna 杨回来，谢丽从 Mia 沈的口中了解到，Joanna 杨在北京办公室其实并不受欢迎。Mia 沈说 Joanna 杨过去太张扬跋扈，得罪了不少人，尽管大家表面上都还过得去。同时，她还提醒谢丽小心这位姐姐，因为她爱推卸责任，在以前的公司经常让下属背锅。

谢丽当时听了有些意外，觉得爽直的 Joanna 杨应该不是这种人。又或许 Joanna 杨以前的风格如她所说，在多了一些经历后有了些变化，不应该用老眼光看人，所以也就没有往心里去。

见谢丽他们出现，Mia 沈迎了上来，和他们分别握了握手，领着他们上了一辆面包车，往新力电气在西安的办公地点开去。

面包车在一处类似机关大院的门口停了下来，Mia 沈下去在保安处办理了登记手续，车随后开了进去，停在了一栋半新的大楼前。

几个干部模样的人走了出来，Mia 沈和常国立上去一一和他们握手，并把谢丽和 Harris 杜介绍给了他们。

一行人进到三楼的一个大会议室，待会议设备准备好后，由新力电气的商务部长孙部长启动了会议。

在孙部长的致辞中，她除了表示对 Harris 杜和谢丽一行人的欢迎，还强调了希望 DF 的 HR 专家们能够积极发挥领导作用，帮助 SJV 搭建组织架构和人力资源体系建设。同时，她也要求新力电气派出的集团人力资源部长邵部长及其助手小李积极配合谢丽和 Harris 杜的工作。

随后，Harris 杜和谢丽也得体地表达了一定会做好 SJV 组织搭建和相关体系建设的相关工作，并对孙部长、邵部长及小李表达了他们诚挚的谢意。

第三十四节

谢丽、Harris 杜和邵部长及小李找了一个小会议室，几个人一起商谈 SJV 的组织架构及人员派遣方面的事宜。

邵部长年龄不大，大约 40 岁，说话谈吐文质彬彬的，曾在中央组织部接受过培训。相比于谢丽见过的国企领导人，她认为邵部长的思维要开放很多。

同时，在整个会议过程中，邵部长尽管没有接触过太多西式的人力资源管理，不过对一些关键点的拿捏和提问，对文件条款和用词细致入微地审查，还是足见其水平。

谢丽在会议上的表现令 Harris 杜有惊艳的感觉。面对邵部长的提问，她不卑不亢、深入浅出地作答，还能辅之以一些案例，帮助对方理解。对于条款的内容和用词的精准度，在上一家公司做过 HR 法务的谢丽表现得严谨又不失灵活，有时只需要 Harris

杜一个眼神，她就能够准确领会。

交流中她偶尔会讲几个英文单词，不过她都立即致歉，并解释了中文意思。整个过程她都对答如流，从容淡定，颇有大将风范，使得双方的交流氛围非常轻松顺畅。会后，邵部长半开玩笑地说，如果谢丽和 Harris 杜能够到新力电气来工作就太好了。

晚餐时分，孙部长邀大家在当地的一家特色餐厅吃饭。想着晚上还有和美国的会议，谢丽很快地吃好，跟大家说了声抱歉，就自行打车回酒店去了。

会议开始前 15 分钟，谢丽收到邮件，说当晚的会议取消，于是她就打开电脑，整理白天会议的内容。

晚上 8 点半左右，Harris 杜发来信息，问她会议结束了吗。她回了过去，告知他会议取消的事。于是，Harris 杜打来电话，问她要不要和自己一起出去吃面，她欣然答应。

两人在回民街转了会儿，找了家临街的面店坐下。Harris 杜在谢丽的建议下要了碗岐山臊子面，谢丽自己则点了瓶冰峰，陪 Harris 杜说话。

“你今天表现不错，来，Cheers！（干杯）”Harris 杜拿起自己面前的冰峰，和谢丽碰了一下。

“谢谢！没让你失望就好！”谢丽开心地回道。

“Darren 郑有一次和我说你是假洋鬼子，和你沟通有难度。不过和你相处下来，包括今天你和邵部长他们的交流，我觉得你还是很好相处的。”Harris 杜继续说道。

“我本来就不难相处，只是 Darren 郑自己没找对方法。不过，说起来也不是什么人都能管得了我。工作了这么久，也就上家公司的上司和你把我管得服服帖帖的。”喝了一口冰峰，谢丽很实诚地对 Harris 杜讲。

“看来，我们俩还是蛮谈得来的。” Harris 杜看着对面的谢丽，笑盈盈地说道。

两人边聊边吃面，然后回去各自休息了。

第三十五节

回到上海，谢丽一边把员工派遣协议的内容翻译成英文发给法务部门审查，一边继续做组织架构调整的事儿。

这天晚上和工业能源全球人力资源副总裁 Susan Palmer 开会，谢丽得知在能源管理集团下面将成立一个新的事业部，即能源质量控制事业部，由工业能源下面的能源控制设备部与能源转换事业部合并而成。因为这个合并现在尚属保密阶段，Susan Palmer 目前只告知了 Harris 杜、Joanna 杨和她。当然，能源转换事业部的几个关键领导也知道了这件事。

谢丽想起前一阵与 Harris 杜和 Joanna 杨的交流，而自己的想法与全球总部的安排不谋而合，心下自然欢喜。

当然，这样的合并必定意味着组织架构的再调整。

第二天，谢丽拿着组织架构图和受影响人员的名单去找 Joanna 杨。Joanna 杨看了，说让她把能源控制设备部的人员单独做一张架构图，并把物流经理 Rick 潘放到这张单独的架构图中。

谢丽觉得有些奇怪，因为前一阵 Joanna 杨要求她把 Rick 潘放入受组织架构调整影响的人员名单中，这意味着她决定要裁掉这个人。

看到她一脸困惑，Joanna 杨解释说 Rick 潘最近表现还不错，而且他负责的产品线大部分是能源控制设备的，就由新事业部来判断他的去留好了。

另外，她还要求谢丽把西安的市场营销专员肖华也放入受影响人员的名单，说具体情况由市场营销总监 Silvia 薛告知她。

原来，Joanna 杨上次去西安出差，办公室员工里除了肖华其他人都在。问及原因，说是肖华的孩子要出生了，他在医院陪妻子。

虽说肖华之前跟 Silvia 薛请了假，不过 Joanna 杨心里还是很不舒服，认为肖华这样做是对自己的不尊重。后来又听 Silvia 薛说肖华工作表现一般，到了 SJV 后肖华能起到的作用不会太大，于是就萌生了借组织架构调整的机会让他离开的念头。

肖华是 Silivia 薛通过“在中国为中国”项目招进来的，加入 DF 还没到一年。

当时谢丽就认为放一个市场营销专员在西安能起到的作用不大，毕竟那里不是工业能源产品的主场。不过因为 Silvia 薛的坚持和 Frank 褚的大力支持，谢丽也就只好帮助他们招聘了肖华。

虽说现在这个职位被拿掉也合情合理，只是里面掺杂了 Joanna 杨的个人因素，谢丽觉得对肖华不那么公平，尤其是他这个时候有了孩子。尽管如此，谢丽毕竟只是 HRBP（人力资源业务伙伴），她需要站在中立的角度处理这件事。

于是，谢丽调整了受组织架构影响的人员名单，发给了 Susan Palmer，抄送给了 Joanna 杨。

因为上次和软件产品线负责人 Dean 的会议，软件产品线保留了 6 名关键员工，还转移了一部分到其他事业群，这次受影响的就只有 10 来个人。加上肖华和华中合资公司总经理 Edward 何，一共 13 个人。

为了帮助 Susan Palmer 理解新名单的变化，谢丽加了一句话："Joanna has made a minor change that Rick Pan would be remained and transferred to Power Qulity Control."（Joanna 做了一个小调整，Rick 潘将留下并转至能源质量控制事业部。）她没想到，她加的这句话，成了她与 Joanna 杨关系的分水岭。

发完邮件的谢丽正准备打电话，就见 Joanna 杨气咻咻地走进办公室。

她把门一关，质问谢丽道："你为什么说我改变主意?! 是你们 Susan Palmer 要求我做组织架构调整的。I never change my mind!（我从来不会改变我的主意）。"

谢丽从来没见 Joanna 杨发这么大的脾气，有些惊惶地问究竟自己做了什么让她如此生气。

“你打开刚发给 Susan Palmer 的邮件！你为什么说是我做的调整？这个是 Global（全球总部）做的组织调整！Rick 潘本来就管那条线，我这么做完全符合组织架构调整的原则。既然你这么说，那你把 Rick 潘加回去。记住，这是你的主意！”说完，她也不管谢丽是否还有回应，打开门愤然离去。

谢丽看着 Joanna 杨快步离开的背影，心下烦闷，她知道自己闯祸了。仔细再看邮件，她的表达的确需要斟酌。她做事一向很快，且习惯了直接阐释，这一次，她知道自己又做错了。

午餐时间到了。因为 Joanna 杨的愤怒，谢丽没有胃口，坐在电脑前处理邮件。

电话响起，是 Harris 杜打来的。听到谢丽低落的声音，问她怎么了，谢丽说惹姐姐生气了，于是，他邀谢丽一起吃午餐，准备开解她。

其实，即使谢丽不告诉他，Harris 杜也从面色铁青的 Joanna 杨口中得知了原委。

Joanna 杨离开谢丽的办公室后，就去找了 Harris 杜。她说谢丽太不知道怎么做事了，让 Harris 杜好好教育一下她。

这是 Joanna 杨回到 DF 后，第一次在 Harris 杜面前表现出自己的愤怒。Harris 杜让她先顺顺气，温言安抚了一阵，她总算平静了下来。

于是，Harris 杜打电话给谢丽，准备午餐时和她谈谈。

公正地说，他觉得即使谢丽有考虑不周的地方，这也不是什么大事，不必如此大动肝火。不过，Joanna 杨的性格太过强势，又是他自己面试推荐的候选人，谢丽也是自己喜欢的下属，他需要管理好这两个人，必要时“和稀泥”，工业能源的工作才能有效进行。

当然，他这时需要敲打更多的是谢丽，毕竟 Joanna 杨是事业部总经理，谢丽是 HRBP（人力资源业务伙伴）。

听谢丽叙述了事情的原委，Harris 杜先同样温言安抚了谢丽，然后对她说 DF 的事业部领导人大多是“short temper”（脾气暴躁）。Joanna 杨是有名的女强人，也很在意自己的面子，让谢丽和她一起工作时不要那么直接，一定要注意给她面子。

至于 Rick 潘的事情，Harris 杜说自己来协调安排，让谢丽不要再管了。谢丽点头表示知道了，谢过 Harris 杜，吃好饭回办公室去了。

第三十六节

10 月正是秋高气爽的时候，工会组织大家去 outing（团建旅行）以增强团队的凝聚力，给了 DF 中国的人员每人 1000 元的预算。

工业能源有一半的员工签的是DF中国的劳动合同，一半签的是DF下属企业的劳动合同，去年去武夷山outing（团建旅行）时，谢丽就为这样的情况头疼。因为没有与DF中国签合同的员工就没有这笔预算，需要事业部自己出。她软磨硬泡，才让当时的中国区总经理Frank褚答应出资让大家一起去旅行。今年，她又遇到了相同的问题。

Joanna杨听完谢丽的陈述，问她自己的建议。

考虑到事业部今年要节约开支，谢丽建议大家就去阳澄湖吃蟹。这样花费既不算多，又能达到outing（团建旅行）的目的。Joanna杨不置可否，让谢丽先做预算，同时也考虑一下去千岛湖的可能，因为她自己对千岛湖很感兴趣。

预算结果出来了，去千岛湖的费用比去阳澄湖吃蟹高很多。Joanna杨没好气地撂下一句话给谢丽："你是HR Leader（人力资源负责人），你决定吧。"就开会去了。

在谢丽的坚持下，受组织调整影响的人员也被邀请参加了这次outing（团建旅行），尽管他们自己不知道，这是他们最后一次和自己的团队一起出行。

工业能源的团队在一个艳阳天下，开启了他们的品蟹之行。

在旅行社的安排下，他们乘坐专车和渡船，来到了阳澄湖中央的莲花岛，品尝最地道正宗的阳澄湖大闸蟹。

谢丽本想借这次机会和Joanna杨坐在一起说说话，修补一下两人的感情。不过每当谢丽想坐过去时，Joanna杨要么会让市场营销总监 Silvia 薛过去，抑或是让高级财务经理 Sunny 彭坐到她身边去，聊一些工作和生活上的趣事。

Silvia 薛自然不必说，Sunny 彭之所以最近很讨 Joanna 杨的喜欢，是因为几次管理会议上，她提供的数据都非常精确，洞察深入，观点见解独到，加上说的话让 Joanna 杨很受用，用 Joanna 杨的话说，Sunny 彭很懂事。

Peter 袁也很高兴下属受到上司的青睐，毕竟也是为自己长脸的事，趁势也在 Joanna 杨面前夸赞 Sunny 彭做事的妥帖和让人放心。

谢丽和 Sunny 彭的关系一直也不错，两个人经常会有工作上的交集，特别是在核算人工成本和预算的时候。谢丽经常提前就把数据做好给她，这让她欣喜不已。因为谢丽提供数据的准确度，她经常说谢丽是“神人”。谢丽虽觉得有些夸张，不过也很喜欢她这样说自己。

Joanna 杨不是没看到谢丽想过来和自己搭话，不过她依然为谢丽的“不懂事”耿耿于怀。当预算出来时，她就对谢丽说，那些受组织调整影响的员工就不用去了，这样节约下来的费用就可以去千岛湖。

谢丽比较坚持，除了好聚好散，最重要的是组织结构调整的名单及预算还没有被批准。如果这个时候不让他们去，他们自然会觉得奇怪并有所猜疑和准备，届时与他们交流的难度就会加大。

Joanna 杨虽同意谢丽的看法，但仍然不快，所以她故意不让谢丽有机会坐到自己的身边来。

在旅行社安排的蟹庄大快朵颐后，谢丽一行人自行在岛上游玩了一会儿。莲花已经开过，不过荷叶仍然绿油油的，随着湖浪很有韵律地一上一下，自成一道风景。

谢丽站在岸边，看着同事们有的在芦苇荡前拍照，有的去看水车抽水，有的则去欣赏农家后院伸出来的花，每个人都玩得兴高采烈，犹如无忧无虑的孩童。她开心地笑了，觉得和这样的团队一起工作是天下最快乐的事，她从心底里爱这个团队。

回程时，谢丽又在蟹庄多买了些蟹，她留了两对给 Harris 杜，余下的一盒给了 Joanna 杨，她知道 Joanna 杨的儿子从加拿大过来了，说是给她儿子和老公尝尝的，Joanna 杨便收下了。

第三十七节

组织调整的批复下来了，第一批人的交流很顺利，各自拿了离职补偿金离开了，其中也包括 Edward 何。

据 Harris 杜说，当他见到 Edward 何看到离职补偿金数字时眼里发出的光，他就知道应该没有问题了。

Edward 何乐滋滋地拿了离职补偿金离开了，临走时还专门过来跟谢丽打招呼，说接下来自己会去做顾问，将来有需要他的地方，可以随时联系他，谢丽笑着给了肯定的答复。送走了 Edward 何，谢丽开始琢磨起找他的继任者。

其实，在刚确定了 Edward 何属于受影响的人员不久，业务发展总经理常国立推荐了一个人选给谢丽。

这个人叫郭飞，是常国立和 James 文的校友，曾经是 DF 竞争对手的销售总监。谢丽面试下来，觉得整体虽不错，不过对公司的合规要求有“他自己的理解”，她还想再看看。

她又面试了几个候选人推荐给常国立和 Joanna 杨，这两人总觉得那些候选人各有各的好，各有各的不好。

于是，他们把郭飞和另一个候选人推荐给了 Harris 杜，让他来做裁定。Harris 杜最终选择了郭飞，他说郭飞虽然有些野路子，不过很精明，应该能搞定华中合资公司的中方和那些员工。

郭飞去到华中合资公司后，的确让这家合资公司发生了翻天覆地的变化。

首先他和中方派来的副总建立起了很好的关系，两人不仅相处融洽，而且在一些战略决策上的讨论经常能达成一致。

同时，他把销售团队进行了人员调整，合资公司产品的销量也大大得到了提升。此外，他也加强了合资公司团队的自主研发水平，其研发的专业技术能力得到了英国团队的大力称赞。

Joanna 杨很欣赏郭飞的工作能力，常常在管理会议上称赞他，希望待 SJV 建成后，他可以去指导 SJV 的工作。

郭飞和谢丽也相处得不错，每次来上海都会请她吃饭，和她讲讲自己的工作感受。了解郭飞越多，谢丽越认可 Harris 杜对他的评价——他的确是一个精明强干的领导者，尽管话语间流露出他的不羁。透过郭飞，谢丽已经开始暗暗规划起 SJV 总经理的画像了。

也因为郭飞，谢丽和 Joanna 杨的关系有了缓和。

那次郭飞请谢丽去合资公司参观，并指导合资公司的人力资源工作，当时 Joanna 杨也在那儿开董事会。

谢丽与合资公司的人力资源经理相处很愉快，那位人力资源经理事后对谢丽连连称谢，并希望她能经常来指导工作，谢丽欣然答应。

Joanna 杨见到这个场面，心下欢喜，便邀请谢丽参加与中方的董事会。

面对这样的邀请，谢丽有些犹豫。她毕竟不是合资公司的董事，这样贸然参加会议中方会觉得意外和不舒服。人精似的郭飞见到这场面，帮谢丽打圆场搪塞了过去。不过回去以后，Joanna 杨对谢丽的态度有所转变，渐渐恢复了往日明朗的笑容。

第三十八节

SJV 的组织架构搭建工作启动了。

按照合资合同，销售总监、财务总监、研发副总监由新力电气派遣过来，SJV 总经理、研发总监、生产制造总监和财务副总监由 DF 派遣，其他岗位则进行社会招聘。

工业能源内部没有现成的合适人选进行派遣，所以也要对外招聘。根据项目的进度，首先要招聘的是 SJV 的人力资源经理及研发总监。

网上招聘广告发出一周后，求职简历雪片似的飞进谢丽的招聘邮箱。因为这是为 SJV 招人，这些邮件她得自己看。在实习生 Vida 孙的帮助下，谢丽选出了 10 位候选人准备面试。

在这 10 个候选人中，她比较看重的是 DF 竞争对手在西安工厂的人力资源经理。从经历和资质来看，这个人最合适。

还有一个现在是新力电气国际部人力资源主任的候选人 Vicky 关。Vicky 关在加入新力电气之前，在一家台资公司做市场部专员。加入新力电气后，一直做行政管理工作，做人力资源相关的工作也是近两年的事儿。

谢丽当初没把 Vicky 关选入候选人的行列，Harris 杜那天看到了她的简历，要求她放进去。不知为什么，谢丽隐隐觉得这个 Vicky 关可能来头不小，不是个很好对付的主儿。

11 月初，Harris 杜和谢丽再次来到西安，一方面是就人员派遣协议内容做最后的确定，另一方面就是面试那 10 个 SJV 人力资源经理的候选人。

人员派遣协议的讨论进行得非常顺利，一个上午就结束了，SJV 人力资源经理的面试则下午开始。

吃好午饭后，新力电气集团人力资源部长邵部长说自己身体不舒服，下午的面试让自己的同事来参加，这个人是新力电气国际部的销售总经理王总。

当王总出现在大家面前时，谢丽立刻感受到了一股浓浓的国企政治味儿，心里生出了一种说不出的不祥预感。

双方各自介绍后，王总大大咧咧地坐在 Harris 杜的旁边，面试启动了。

一个民企背景的候选人面试结束后，谢丽觉得这个候选人落落大方，对人力资源管理的各个模块都有所涉及，尽管不是那么系统，但是可以进入下一轮面试。

王总则直接就否定了这个候选人，理由是虽然这个候选人本身能力不错，不过民企的管理差得太远，比不上国企管理系统，野路子出身搞不定合资公司的工作。Harris 杜则打圆场地说先放一放，再看看后面的候选人。

接下来是 DF 竞争对手在西安工厂的人力资源经理，一轮谈下来谢丽认为她的专业和人际交流都没有问题，管理 SJV 的人力资源工作绰绰有余，王总也觉得这个人不错。不过她的那句话“我觉得自己目前没有什么需要提高的”让 Harris 杜心里不舒服，他对这个人持保留态度。

Vicky 关是最后一位进来面试的候选人。她看上去 30 岁多一点，穿着一身合体的香奈儿西装，进来时一阵淡雅的香风袭来，对面试者一一点头微笑，之后才坐下。

谢丽根据她的简历和设计好的问卷一一提问，个人经历部分她回答得滴水不漏，从容淡定。当涉及人力资源专业模块时，除了招聘，其他的她都是蜻蜓点水而过。尤其是绩效管理体系这部分，只见她有些放肆地仰头大笑，就不再提及。

待 Vicky 关离开后，王总点了一支烟，吸了一口，慢悠悠地说道："小关工作很努力，对工作也很有热情。自从她来我们国际部后，也做了不少事，成绩也不错，她的工作能力是有目共睹的。"

谢丽正想说话，Harris 杜按住了她，随即说小关看起来学习能力不错，也很会处事，可以考虑进入下一轮。

待王总一行人走后，谢丽和 Harris 杜讨论今天面试的情况。

关于来自 DF 竞争对手的那位候选人，Harris 杜认为她虽然综合能力很不错，不过她的那句话说明她自视颇高，如果招了进来，谢丽和 Harris 杜自己都不一定能驾驭得了她。

谈及新力电气的 Vicky 关，Harris 杜笑了笑，然后对谢丽说可能是眼缘问题。就他的观察，他觉得 Vicky 关挺好的，挺会处事待人的，专业能力不行可以学嘛，这正是考验谢丽带领下属能力的时候。

关于这一点，谢丽是极不赞成 Harris 杜的观点的。在她看来，要使 SJV 顺利运行下去，人力资源经理将起到很重要的平衡作用。一个专业基本功不扎实、只会搞关系的人，尤其这个人还来自中方，是不能很好地起到平衡作用的。

但看到 Harris 杜眼里透出的坚持，谢丽不好继续反驳，就建议说再从原来的求职简历中筛几个候选人来看看，Harris 杜只回了一个字“好”。

第三十九节

接下来的一个月，谢丽又面试了几个候选人。她把两个还不错的推荐给了 Harris 杜，都被 Harris 杜以各种理由给否了，更不用说让中方的邵部长等人面试了。到这个时候，她明白了，Harris 杜是铁了心的要 Vicky 关。

Harris 杜的确是要定了 Vicky 关的，不过有些事情他不方便跟谢丽讲。

在面试开始之前，邵部长就打电话来介绍了 Vicky 关的情况，说这个人和组织部的某个厅长关系很好，可以说是厅长的朋友，也是新力电气着重培养的对象，希望 Harris 杜面试时关照一下。

当 Harris 杜自己见到 Vicky 关本人时，也被这个笑靥如花、八面玲珑的女人深深吸引住了，于是决定无论如何也要留下这个 Vicky 关。至于谢丽的反对，他可以管理好她，说服她接受 Vicky 关。

从视频会议室出来，Harris 杜在回办公室的路上做起了谢丽的工作。他说 Vicky 关专业能力不够，正好可以管理。这就像在一张白纸上作画，你画什么就是什么了。

谢丽考虑得更多的是这个人来自中方，八面玲珑、目的性很强，一看就是一个不简单的人，并不像 Harris 杜所说的那么容易对付。

但 Harris 杜是自己的上司，也是 SJV 的主要成员之一，她再怎么反对也不可能拗得过自己的上司，于是心不甘情不愿地答应下来。

趁一次在西安出差的机会，Harris 杜让谢丽给 Vicky 关打电话，说需要和她再谈一谈。

似乎知道自己被确定了下来，Vicky 关这次来见他们的穿着显得有些随意。一件水红的毛衣外套下配了条卡其色的休闲裤，轻松地来到酒店的咖啡厅。

整个交谈的过程显得轻松而随意。当 Harris 杜让 Vicky 关用英语介绍一下自己的时候，Vicky 关一边笑，一边用几个英文单词拼凑着结结巴巴地说起来。谢丽听着，感觉到自己的耳朵受到了严重的侵犯。

Harris 杜则不然。他一直耐心地听 Vicky 关讲话，不时也爆发出笑声附和着 Vicky 关，两人显得十分地默契，就像已经相识相知多年的老友。

随后，Harris 杜让谢丽给 Vicky 关发 Offer（邀约），谢丽遭遇到了预感中的不好对付。

Vicky 关原来的月基本工资只有 3500 元，加上其他的补贴和奖金折合下来年薪也就刚到 10 万元，而她对谢丽说自己的期望工资要每月 25000 元，最少也要 20000 元，否则就不接受 Offer（邀约）。并说有什么让谢丽自己去和邵部长和 Harris 杜去讲，在谢丽正在解释时就挂断了电话。

还没加入就仗着自己的背景如此嚣张，加入后又会是怎样?!

谢丽越想越气愤，找到 Harris 杜说不愿给 Vicky 关 Offer（邀约）了。没想到 Harris 杜听完后让谢丽按照 DF 中国西安分公司人力资源经理的报酬给 Vicky 关 Offer（邀约），还说给她月薪 25000 元很合理。

听 Harris 杜如此建议，谢丽大为震惊。Vicky 关的资历与西安分公司的人力资源经理比起来那真叫一个天上一个地下，怎么可以给相同的工资?

于是，她搬出油气集团成都分公司的人力资源经理的报酬来和 Harris 杜理论。油气集团成都分公司的人力资源经理是谢丽以前的同事兼好友，也是她介绍进 DF 的，谢丽自然了解她的经历和薪酬结构。而且，成都的城市指数级别比西安更高。

看谢丽如此坚持，Harris 杜同意了谢丽的建议，给 Vicky 关月薪 18000 元，如果她再不接受，就另选他人。

谢丽看说服了 Harris 杜，就随口问他为什么这么坚持要 Vicky 关。

Harris 杜盯着她，神色不悦地回道："这是邵部长他们的合资公司，而且她身上有你没有的!”

“她身上有你没有的!”这几个字如五雷轰顶，把谢丽惊呆了。

谢丽做梦也没想到Harris杜会对自己说出这样的话。在她的记忆中，这是Harris杜第一次对她说重话，而且拿她和一个对人力资源管理几乎都不懂的人相提并论。

除了美貌，她觉得自己不比Vicky关差，在专业能力方面远远超过这个八面玲珑的美女。但这不是Harris杜所看重的，而Harris杜是她的上司，手里掌握着决定她们命运的钥匙。

谢丽呆呆地站在原地，Harris杜桌上的电话躁动地响了起来。他接起了电话，同时做了个让谢丽回避的手势，谢丽只好心事重重地离开了。

Harris杜对谢丽这次的表现非常失望，觉得她正如Joanna杨所说的不懂事。SJV对工业能源来说的确重要，不过毕竟新力电气才是大股东。就算根据合资合同人力资源管理方面由DF来领导，但中方的领导既然让他关照Vicky关，他自然不能驳了对方的面子。

同时，他看得出来Vicky关在新力电气关系深远。如果让她进来，加上自己对她的调教，要在SJV打开局面应该不是难事。至于专业能力，他也承认这是Vicky关的短板。不过，他相信只要自己用心教，让Vicky关掌握些基础知识不会太难。

当然，他还有潜藏在内心深处、不愿承认的一点儿私心，他从第一眼见到Vicky关就喜欢上了这个美女。

他是喜欢美女的，自己的太太就长得像世界百位美人中的朱珠，称得上顶级美女了。Vicky 关的美则不同，相貌姣好自然不用说，那种笑起来眉眼间自然流露出的风情，让他想起了“六宫粉黛无颜色”的杨玉环。只要是正常男人，谁都难以抗拒，何况这个美女很会说话，自己和她聊起来非常投缘，谁会拒绝一个让人心旷神怡的美人呢？

当这些因素综合起来，Harris 杜给了 Vicky 关绝对的肯定，他要定她了。至于谢丽，虽然他平常很喜欢这个热情干练的下属，不过这次她真的太不懂事了，认真到令自己有些厌烦。

自己已经用“这是邵部长他们的合资公司”这句话去点醒谢丽，让她不要再过多干预，然而从谢丽的表情来看，她完全没有领会自己的意思。照这样下去，谢丽要在 DF 有所发展，看来还有好长一段路要走。同时，他决定和 Vicky 关私下再谈谈，叫她不要计较目前的薪资，先进来再说，以后有的是机会调整的。

谢丽不情愿地发出了 Offer（邀约），盼望着 Vicky 关嫌少拒接，这样她就可以名正言顺地重新找人了。事实又让她失望了，Vicky 关很爽快地在 Offer（邀约）上签了字，并告知自己即刻开始在新力电气国际部做工作交接，争取早日到 SJV 报到。

第四十节

SJV的人力资源经理招到了，然后就是SJV的总经理及其直线下属的招聘工作。

为了让这后续的招聘工作进行得正规有序，想着Vicky关是没有能力去起草相关流程和政策的，谢丽只好自己来做SJV的招聘流程及薪酬架构。

同时，根据组织架构调整的方案，她还要招聘工业能源项目团队的成员，加上日常要处理的工作，即使有HR SSC（人力资源共享服务中心）、HR COE（人力资源专家中心）和实习生的帮助，谢丽也被繁重的工作量压得喘不过气来。

谢丽利用两天周末的时间做好了SJV薪酬福利的框架性建议，拿给Harris杜和Joanna杨看。Joanna杨说过两周就要开董事会了，最好把薪酬架构也做出来，让董事会批准了便于接下来招人使用。

谢丽听闻Joanna杨的要求心里暗暗叫苦。做薪酬架构是需要先做岗位职级定义和匹配的，然后是相关的数据整理和选取。她曾经问过这个领域领先专家美世的顾问，算上调研、数据整理、岗位职级匹配及架构的设计，他们都需要两个月的时间。

现在让她在两周内做出来并拿给董事会批准，她认为 Joanna 杨要求过高。就算自己不吃不睡仓促地赶出来，但拿着不严谨的数据去给董事会批准，会给 SJV 以后的人员成本管理方面带来极大的影响。

她尝试着给 Joanna 杨解释，希望她能将薪酬架构提交的时间延后。Joanna 杨听完她的解释，把手中的笔记本重重地压在面前的桌上，连眼都没抬地说了句："我就不懂了，为什么我要个数据就这么难！你自己看着办吧，反正开董事会的时候我要看到 SJV 的薪酬架构。"

谢丽回到自己的办公室，坐在位子上思考该怎么办。电话响了，是她的 Buddy（伙伴）水能的 HRBP（人力资源业务伙伴）Jennifer 焦打来的。水能最近也在谈一家合资公司，她打来是向谢丽请教人员派遣协议里几个关键内容的。

谢丽在电话上一一做了回应。Jennifer 焦听出她的兴致不高，就问她出了什么事。谢丽正想找人说话，便把 Joanna 杨的要求和盘托出。

"她懂不懂怎么做合资企业呀！这个要求太过分了！"Jennifer 焦在电话那头提高了声音说道，显然，她也对 Joanna 杨的要求不满。

"这个要求就算过分我又能怎么样，她是总经理呀！"谢丽低低地回道。

"你找你们 Harris 杜去和她去讲，如果还说不通，就去找常欢，总有人能说服她。”Jennifer 焦建议道。

“谢谢，我试试吧。”

谢丽结束了这次通话。Jennifer 焦的建议让她灵光一闪，对呀，她可以找援手，这让她想起了推荐自己加入 DF、现在是 DF 中国组织发展总监的 Ellie 申。

午餐时分，谢丽和 Ellie 申避开了高峰时段，找了个安静的角落一起吃午饭。

“你最近在忙什么呀？”Ellie 申看着满面愁容的谢丽，关心地问。

谢丽于是把自己正忙着的 SJV 的筹建工作一一告知了她，同时也提到了 Joanna 杨对薪酬架构的要求。

“你不要先 push back（推回去）说自己做不到，要把资料和数据给她看，让她自己做选择。”Ellie 申喝了口汤，从容地说道。

“对 Joanna 杨我还是很了解的，她是个不错的 Business Leader（业务领导），你要好好和她沟通。DF 的业务领导都很强势，不过也都讲道理，到现在为止我还没遇到管理不了的业务领导。”Ellie 申继续说道。

两人继续聊了一会儿，Ellie 申说自己还有个会，随后拍了拍谢丽的肩膀，自行回办公室去了。

受到 Ellie 申点拨的谢丽回到办公室后，开始专心致志地设计起 SJV 的薪酬架构。

她不仅从 HRCOE（人力资源专家中心）的薪酬经理处要来西

安的数据，还从网上搜集了一些相关信息。一周下来，一份像模像样的薪酬架构建议完成了。

在这份薪酬架构的建议中，谢丽做了岗位职级的大致匹配，充分陈述了宽带制和窄带制的定义及差异，推荐 SJV 使用宽带制与窄带制相结合的薪酬架构以吸引和保留优秀人才。并且，她还举出一些市场相关数据，建议了薪酬架构所使用的市场分位置及薪酬架构草案。

当她把这份建议在深夜 10 点发给 Harris 杜时，很快就收到了回复。除了“Good Job（做得好）!”以外，Harris 杜还提出了几个建议，让谢丽再补充一些西安当地的经济情况、消费情况以及人力资源分布情况。

谢丽欣然接受，在接下来的两天内把这些信息加进了薪酬架构建议，并对建议书再次做了修改，发给了 Joanna 杨。

周一一大早，谢丽和 Harris 杜一起乘上了去西安开会的飞机。

薪酬架构建议和飞机上赶出来的招聘流程得到了与会者的认可，谢丽没想到新力电气集团的邵部长只问了几个简单的问题就基本接受了自己的方案，心里满心欢喜。

会后，邵部长当着 Joanna 杨和 Harris 杜的面夸赞谢丽，说新力电气如果能有像她这样能干的 HR 就好了。Joanna 杨看了一眼红着脸的谢丽，脸上露出了欣慰的笑容。

第四十一节

趁大家都在西安，Harris 杜想趁此机会让 Vicky 关认识一下大家，为她接下来的工作奠定一个不错的基础。于是，一起吃晚餐的时候，他请邵部长把 Vicky 关也叫过来。

Vicky 关得知这个邀请，喜出望外，开始精心筹划晚餐时应该如何表现。

自打在 Harris 杜的强力支持下拿到了 SJV 人力资源经理的 Offer（邀约）后，她就一直忙于新力电气国际那边工作的交接。这个过程中，邵部长和孙部长都找她谈过话。

这两位部长都知道她转做人力资源管理工作不是太久，底子薄，所以除了告知她将以派遣人员的身份去 SJV 工作，还叮嘱她要利用这次机会向 DF 的人力资源专家们好好学习，将来可以把这些宝贵经验带回新力电气，以提升新力电气集团的人力资源管理水平。

另外，既然她是被派遣到 SJV 去工作的，在确保合资公司顺利运行的同时，她必须与其他几个被派遣到 SJV 工作的新力电气管理人员一起，保证新力电气的利益最大化。

Vicky 关懂得他们的意思。她觉得凭着自己的长袖善舞以及在新力电气内部的历练，要确保新力电气利益的最大化对自己来说不是难事。

只是，虽然有着多年行政工作经验的积累，但对于人力资源管理领域尤其是西式的人力资源管理体系，她基本可以算是一个新手。要凭自己有限的知识和技能把SJV的人力资源管理体系搭建起来，在此基础上还要双语工作，这对自己来说基本是不可能完成的任务。

想到这里，她想起了一直竭力帮助自己的Harris杜。对呀，有他在，他一定可以帮扶自己完成这个看似不可能完成的任务。

一想起Harris杜，Vicky关的心就温热温热的。

第一次见到Harris杜时，她就被这个风度翩翩、谈吐不俗的儒雅睿智男人吸引住了。她觉得这个男人虽算不上英俊，不过那双一汪深潭里嵌着的灵动大眼睛，仿佛能摄人魂魄，让你不自觉地就愿意和他亲近。

此外，交谈时他从容淡定的娓娓道来，以及带给人阳光般温暖的笑容，这些都牢牢地吸引了她，让她不自觉地陷入其中。

虽然，她也知道Harris杜愿意给自己Offer（邀约）更多是因为自己的关系网，不过因为这样，她就可以和这个有着独特魅力的男人更加亲近了，这是多么幸福的事啊！

想到这里，她又想到了自己不算幸福的婚姻。

她的老公是个传统的西北男人，在一家国企背景的房地产公司任副总，收入还算不错，保证家里的小康生活是没有问题的，两人婚后最初也过得其乐融融。然而，随着 Vicky 关眼界的开阔和接触的人脉圈越来越广，她在心里开始嫌弃自己这个有些粗陋的老公。如果不是为了小孩和小康生活，她可能早就和他离婚了。

一次偶然的机会，她结识到了一个在北京工作的高干，这个高干对她格外照顾，当然她也知道这个高干为什么会这么关怀自己。因为这层关系，她加入了西安当地最好的国企单位新力电气。

凭着姣好的外貌和玲珑心，她很快在新力电气打开了局面，渐渐形成了自己的人脉关系网，直达集团高层。

晚餐时分，就在大家落座之际，精心打扮了一番的 Vicky 关风姿绰约地走了进来。邵部长让她坐在自己和 Harris 杜的中间，把她介绍给众人。

席间，Vicky 关殷勤地给大家敬酒，给邵部长、Harris 杜和 Joanna 杨夹菜，也频频举杯向谢丽示意。她就像一阵温暖的春风，把现场的每个人都得体地照顾到。

饭后，谢丽找了个机会问 Joanna 杨对 Vicky 关的感受。Joanna 杨说这个女人的目的性很强，让谢丽以后多帮助她，说完就和 Harris 杜聊事情去了。

见 Joanna 杨也接受了 Vicky 关，谢丽决定放下自己的看法，在她入职后给予应有的支持，尽管这意味着自己的工作量会大大增加。

第四十二节

这天下午，谢丽按照约定要和 Harris 杜一起面试项目经理。候选人名叫 Gary 廖，是业务发展总经理常国立推荐的原公司下属，据说年轻有为，大有潜力。

她来到 Harris 杜的办公室，想告知他时间快到了，候选人也在会议室等候。刚进门，她看见 Harris 杜正红着眼圈在打电话，低声对电话那头的人说自己马上就回来。

谢丽见 Harris 杜情绪不对，忙掩上门，待他挂好电话，问究竟发生了什么事。

Harris 杜用纸巾挡住自己的眼睛平复了下情绪，然后平静地说自己的母亲得了直肠癌，刚刚确诊了，还让谢丽不要说出去。

谢丽在他对面坐下，宽慰他说直肠癌应该不是难治的病，及时动手术治疗应该可以治好。然后她分享了自己母亲当年得的血癌，相比于这个病，直肠癌算好治的了。

听谢丽这么说，Harris 杜心里好受一些了。他淡然地说自己还有事情要处理，让谢丽自己去做面试，然后就拿起电脑往会议室走去。

其实，Harris 杜的内心并不像他表现出来的那样淡定。

他从小就和母亲亲近一些。随着他渐渐成年，每次当强势的父亲对着谦和柔顺的母亲发威时，他总会冲过去和父亲理论，然后把母亲拉到一边温言细语地好好安抚一番。

后来即使有了自己的家，他也每个月至少回家两次和母亲聊聊天，关心体弱多病的母亲的健康状况，并为自己的父母购买了高额的保险。

当太太打来电话告知母亲得了直肠癌时，他被这个噩耗震惊了，一向善于管理情绪的他流泪了。

他的心乱了，虽然很想立即回到家去陪伴生病的母亲，不过他不愿让自己的慌乱吓到她。他强行让自己镇定下来，决定先在公司待一会儿，再回家看望。

当谢丽经过会议室时，透过玻璃她看到 Harris 杜已经在和几个销售经理开会了，侃侃而谈的表情与往日毫无二致，不觉深深为这个上司的情绪管理和坚韧心性所折服。

谢丽面试了 Gary 廖，觉得还不错，看 Joanna 杨正好有空，想着她将来是项目经理的二级上司，也是面试者之一，便问她是否愿意现在和 Gary 廖谈谈。

Joanna 杨听谢丽说是常国立介绍的，就有了些小心思。再听名字及个人背景，她的脸色变了，声色俱厉地说："这个人在 S 公司时是我的下属，当时他虽然能力一般，但很爱出风头，我不太喜欢这个人。不过，这也是 5 年前的事了，不知道他和以前相比是否有所变化。我现在忙，你多看几个候选人后再决定推荐谁给我看吧。”

见 Joanna 杨这么说，谢丽知道她对 Gary 廖依然有成见。于是，她决定先放放，等再面试几个人做做比较再说。

过了几天，Harris 杜听说了这件事，就自己面试了 Gary 廖。恰逢那时能源转换事业部那边在找销售经理，便推荐给了那边。很快，Gary 廖就拿到了 Offer（邀约）。

通过这件事，谢丽越发明白 Harris 杜让她伺候好这位姐姐的深意。

尽管 DF 是地道的美国公司，然而在中国地区的领导层已基本实现了 90%以上的本土化，于是基于本土文化的官僚主义也开始蔓延到公司的各个角落，滋养了一些 King（国王）或 Queen（女王）。

这些 King/Queen 们在自己所领导的集团或事业部里说一不二，凭着自己的喜恶做事，那些“聪明而懂事”的下属们便学会了报喜不报忧，偶尔还打打小报告，以获得上司的好感，以便将来可以拿到更多的资源或机会。

对于那些愿意表达自己真实想法但嘴笨的员工来说，他们不是被打压，便是因为看不到提升的空间自行在外寻找机会而离去。

当然，还有一些人则采取躺平的政策，他们会恰到好处地执行上司的指令，既不让自己特别辛苦，也不生事得罪其他同事，只希望在 DF 这个不错的平台上求个安稳，让自己每月有不错的收入供养家庭。

谢丽很痛心地意识到，DF 前任 CEO 创立的优秀文化正在被无情地蚕食，尽管目前相比外面其他的很多公司，它依然优秀。所谓千里之堤毁于蚁穴，如果继续听之任之，DF 用不了多久将会面临严重的危机。

第四十三节

周五上午 10 点，谢丽来到了现在是 DF 亚太区组织发展高级总监的 Nadia Perez 的办公室。她听 Harris 杜讲，Nadia Perez 想和自己谈谈。

自从 MARS 项目结束后，除了定期的亚太区 HR 线上会议，她和 Nadia Perez 几乎没有太多的交集。这次突然让她过去，该不会又是因为什么项目吧？她心想。

Nadia Perez 见谢丽进来，让她坐在面前的长沙发上，自己走过去坐在她的斜对面，和她聊起工作上的事。

除了 SJV 的进展，她还问了谢丽最近和 Joanna 杨配合的情况。得知一切还算顺利，一向严厉的她脸上露出了难得的笑容。

谢丽加入 DF 时的最后一位面试者是她，当时她对这个专业扎实、充满激情、眼里透着灵动的候选人颇有好感，觉得这是一棵好苗子，可以好好培养将来委之以大用。

她曾旁听了谢丽在工业能源全球人力资源副总裁 Susan

Palmer 和工业能源全球 CEO 面前做的事业部人才发展规划，那时谢丽加入 DF 才不到半年，谢丽的深度洞察力和从容淡定的表达给自己留下了很深的印象。加上谢丽在 MARS 项目中的不俗表现，她一直想找时间和谢丽聊一下，看看她在哪些方面需要帮助。

看谢丽在工业能源的工作进行得还比较顺利，她很满意自己没有看错人。不过她见谢丽把大部分的工作精力放在了 SJV 的筹建工作上，便善意提醒她不要在 SJV 上花太多时间，应该多一些和 Joanna 杨的交流。

Nadia Perez 之所以如此说，不仅因为她答应过 Joanna 杨要给她最好的 HRBP（人力资源业务伙伴），还因为她知道工业能源在不久的将来会有一个更大更重要的收购要进行，这个收购也会是迄今为止 DF 所做的最大收购。相比旨在把不再领先的技术找个合适的机会转移给中方的 SJV，后者实在不值得花那么多精力。

但是，她不能明说，只能轻轻点一下谢丽。

随后，Nadia Perez 和谢丽说打算给她找一个 Mentor（导师），谢丽连忙说 Harris 杜就很好，她很愿意向他学习。虽然根据导师原则直接上司是不能作为下属的 Mentor（导师）的，不过看谢丽如此坚持，Nadia Perez 也就不再多说什么，放她回去了。

回去的路上，谢丽回想着和 Nadia Perez 的这场有些突如其来的交流。

虽然她感觉 Nadia Perez 让自己不要把太多精力放在 SJV 的这个建议很奇怪，不过也能理解，可能是她很重视 Joanna 杨的缘故。

至于给她找 Mentor（导师），和 Harris 杜一起工作的这段时间，她很尊敬和佩服这个儒雅睿智、轻松指点江山的上司，不觉已经把他当成了自己在 DF 的依靠。她很喜欢和这个上司一起工作，所以一提起给自己找 Mentor（导师），她就搬出了 Harris 杜。

在电梯门口，她遇到了 MARS 项目团队的搭档 Darren 郑，他破天荒地说邀请谢丽去喝咖啡。谢丽也有一阵没见他了，见手上没有要紧事要处理，就跟着他去到一楼的星巴克。

Darren 郑先是不正经地调笑她又胖了，让她注意自己的形象，然后严肃地跟谢丽说自己要离开 DF 了。

谢丽一惊，觉得太突然了，忙问为什么。他说 DF 中国 HR 团队为了降低人力成本，很快便要裁员了，据说要达成 35%的降本指标。

他知道像自己这种可有可无的角色肯定会被裁掉，且上司 Annie 杨已经私下透露让他先做准备。他最近在外面拿了一个 Offer（邀约），是一家不错的 FMCG（快消品）公司的 HRBP（人力资源业务伙伴）职位，下个月初就去报到。

在给 Darren 郑道喜的同时，谢丽也涌上了一阵黯然。因 MARS 项目而相识，从最初的不喜欢、拌嘴到相互了解后的信任与支持。虽 MARS 项目结束后没有太多交集，不过也会经常在大楼里遇到，互相聊一下各自的近况。这下要彻底离开了，以后恐怕交流的机会就更少了。

见谢丽默不作声地喝咖啡，Darren 郑又不正经起来，说如果谢丽有一天在 DF 待不下去了，可以去投奔他，他一定给谢丽安排个好位子诸如此类的玩笑话。

两人又聊了一会儿，谢丽想起一会儿还有个会，就和 Darren 郑道别，回自己办公室去了。

第四十四节

下班后，谢丽回到了家。

这是一个在中档小区里的二居室，是房东原来自住的，所以家具和房间的装饰都很用心。谢丽被中介引到这里来看的第一眼就喜欢上了，便很爽快地订下了。

除屋子清爽的陈设和装饰外，谢丽最喜欢书房窗口的那两棵香樟树。每每下了雨，树枝上就会挂满了珍珠般灵动的雨珠。夏秋时节，香樟树还会散发出独特的树香。周末或闲暇时分，她都会倒一杯咖啡，放着自己喜欢的音乐，在这里工作、阅读或写作。

她用微波炉热好阿姨做的晚饭，边看电视边吃饭。电视里正在播放《甄嬛传》，正好是甄嬛盛装以熹妃的名义重返皇宫的片段。由此，谢丽想到了自己。

她一直以自己在职场打磨多年但仍然保持纯良的心性为傲，

不过自从加入了DF后，经历了一些淬炼，她发现自己比以前更强势了，心也更硬，当然也更灵活机智了。她说不上喜欢还是不喜欢这种变化，只要能固守自己的底线就好。

随后，她又想起了上午Darren郑在星巴克对自己说过的话，没来由地有了一种隐隐的危机感。

她知道，在Harris杜的直线下属里，就自己管的人员最少。因为接二连三的组织架构调整，一旦员工们在能源质量控制事业部及SJV建好转走后，留给自己直接管辖的员工就只剩30多号人。届时，自己会不会上降本的人员名单呢？想到这里，她心里一阵烦乱。

洗漱后，她依然被自己有可能会被列入降本人员名单而烦恼，躺在床上翻来覆去无法入睡。

于是，她起身给Harris杜发了一条信息，说将来如果有可能把自己裁掉的话，希望他能早点通知自己。她不会让上司为难，也不会要补偿，自己辞职离开。

谢丽的内心一直是骄傲的，同时也有着连她自己都不知道的脆弱。她外表坚强，但原生家庭的经历让她从小缺少安全感，害怕被放弃。如果有一天一定要和自己所热爱的人或事分开，那一定是她主动提出，这也是她对婚姻的处理方式。现今对于自己所热爱的公司，她也会这么处理。

Harris杜很快回了信息，让她不要担心，说离这一步还很遥远。只要有他在，他会保谢丽，不会让她离开DF。

有了 Harris 杜的这个回复，谢丽放心了，于是安然入睡。

Harris 杜此刻却不能很好地入睡。DF 中国区人力资源负责人常欢在两个月前召集所有集团的人力资源总监开会，他自然也出席了。会中，常欢先介绍了 DF 中国的业绩情况和人力资源团队的现况，然后提出降低人员成本 35%的要求。换算成 HR 团队成员的支持比例，一个 HRBP（人力资源业务伙伴）至少要支持 150 位员工。

谢丽的猜测是对的。在工业能源组织架构调整完成后，如果将来她只支持 30 多位员工，极有可能会被裁掉。

尽管谢丽有时让他感到又爱又恨，不过他一直喜欢这个能干的下属，会尽力想办法保全她。只是，最近 Joanna 杨不时到自己面前说谢丽的不是，让他对谢丽有了些看法。

他丝毫不怀疑谢丽的专业能力，但感觉到她的灵活性和柔韧度还需要提高，尤其是在处理同像 Joanna 杨这样性格强势的业务领导的关系方面。如果谢丽不能做到、做好，她留在 DF 能够发展的空间不会太大。

同时，他也意识到另一个问题。每次他给过谢丽反馈后，谢丽的进步似乎都不太大。究竟是自己的反馈方式有问题让谢丽没听明白，还是谢丽的领悟能力有问题，又或者是谢丽不愿听自己的，他很快排除了后面两个可能性。他很了解谢丽，不可能是后面两种可能性，那么唯一的可能性就是自己的反馈有问题。

他是学过教练的，但因为时间和习惯的问题，他更愿意直接给谢丽讲出自己的判断和观点，而没有用教练的提问方式来一步步引导她，这样操作他不仅仅是对谢丽一人。

于是，他起身走到书屋，在自己的日记本上记录下今天发生的事和自己的思考。他一直有写日记的习惯，这是他自我反思的方式。

第四十五节

冬天的上海难得有阳光明媚的时候，谢丽推开窗，让阳光和新鲜空气进入办公室。

正准备坐下，Joanna 杨端了杯咖啡进来，神色严肃地告知她国家商务部暂停了 SJV 的批复流程，让她暂停 SJV 相关人员的招聘。然后，Joanna 杨说这件事只有很少的几个关键领导知道，让她保密。

此时，SJV 研发总监的岗位已经有了个还不错的候选人，正准备给 Offer（邀约）。

其实，研发总监这个岗位很难找。既要懂得 S 产品线的专业技术，而且领导力要够成熟，能够领导近 100 来人的研发团队。最重要的是，这个人还愿意去西安工作至少两年。

要找到满足前两个条件的候选人很容易，然而要满足最后且也是最重要的条件，却难上加难。

能够满足前两个条件的候选人大多在上海或北京，武汉也有。只是要去到比较偏僻的西北，这个年龄段的候选人大多拖家带口，通常是不会愿意和自己的家人两地分居那么长时间的。

谢丽在第一次从西安回来时就开始找这个职位的候选人，两个月下来一直没有合适的人选，直到S产品线全球副总裁 Fabio Francesco 自己推荐了 Kevin 马。

Kevin 马是清华大学电气工程及自动化专业的本科生，然后到多伦多大学读电气工程专业硕士，毕业后他在加拿大工作了一段时间并入了加拿大籍。

后来，Kevin 马受一家美国公司外派回到上海工作，任职研发负责人，这家公司的产品与S产品线的产品很相似。因为业务发展受限，这家公司近期关闭了在上海的研发中心，他最近也刚离职，正在寻找合适的工作机会。Fabio Francesco 的朋友了解 Kevin 马，于是给他做了推荐。

谢丽收到 Kevin 马的简历时，如获至宝，感觉他就是上帝赐给自己的礼物。像 Kevin 马这种外派回国的海归，家人通常都不在国内，只要提供的薪酬合适，他们对工作地点通常不会太挑剔。

和 Kevin 马一席谈话下来，Joanna 杨和谢丽觉得他的专业技术背景没得说，不过性格有些过于温和，去到 SJV 工作面临的挑战将会不小。SJV 不比他原来的纯美资公司，建团队做技术转移和研发新产品表面看起来是一件很单纯的事儿，实则是暗流涌动，云诡波谲，他将来同样需要做不少平衡。

然而和其他候选人相比，Kevin 马是最合适的一位，何况还有 Fabio Francesco 的推荐。于是，在相关负责人做完面试确认后，谢丽开始和他谈薪酬了。

今天 Joanna 杨的一番话，给谢丽从头到脚浇了盆凉水。

如果不发 Offer（邀约），Kevin 马势必继续找其他的机会。一旦商务部批准了 SJV，再找他回来的可能性就很小了。然而要是这时给了 Offer，如果商务部最终没有批准 SJV，已经在降人员成本的工业能源是没有 Headcount（人员名额）来承担这么贵的一个研发总监的。

谢丽喝了口咖啡，陷入了沉思。经验告诉她，目前唯一能做的就是找借口拖一阵子，和 Kevin 马保持紧密的联系，稳住他。

第四十六节

这天上午，谢丽收到了 SJV 项目组的 Salman Khan 发的邮件，他询问为什么到现在还没有给 Kevin 马发 Offer（邀约）。

Salman Khan 是一个非常严谨的印度人，在 SJV 项目里负责研发技术的转移，工业能源全球研发副总裁 Juan Martino 非常信任并重用他，让他参与了很多重要的项目，SJV 便在其中。

Salman Khan 和 Kevin 马谈过，认为这个候选人非常适合做SJV的研发负责人。他需要 Kevin 马尽快到位，以便启动技术转移的前期准备工作。

谢丽看完邮件，非常为难。Joanna 杨明确告诉自己现在商务部暂停了 SJV 的批准流程，并让自己保密，也就是说 Salman Khan 很可能不知道这件事。

她想了想，告诉他自己正在和 Kevin 马谈 Offer（邀约），Kevin 马对给出的薪酬要考虑考虑，所以暂时没有进展云云。

又过了一周，这天是周六，谢丽正准备午休，她的手机响了起来。一看未显示来电号码，应该是国际长途，她赶快接了起来。

打来电话的是 Salman Khan，他先是很礼貌地对谢丽致歉，说自己很不好意思在周末来打扰她，然后就问及 Kevin 马的事。

谢丽依然用 Kevin 马还在考虑薪酬的问题来作答，Salman Khan 说 Kevin 马很优秀，如果他要的薪资超出了预算，他去跟 Juan Matino 和 Fabio Francesco 说把预算提高。

谢丽看实在遮掩不下去了，就说不仅仅是预算的问题，还有流程的问题。Salman Khan 又问究竟在流程上遇到了怎样的麻烦，他希望了解后来推进发出Offer（邀约）的流程。

其实，谢丽也是有疑问的。对商务部暂停批准 SJV 这件事进行保密，如果对象是普通员工她是完全可以理解的，不过对项目团队也保密她就觉得有些费解了。就拿 Salman Khan 来说，如果他不了解这个情况一直在向前推进项目的进度，不是有些浪费他的工作吗?

谢丽思前想后，于是决定告诉 Salman Khan 商务部暂停了 SJV 批准流程这件事，并叮嘱他不要再和别人说了，让他一定要对此做出承诺。

当 Salman Khan 听完谢丽的解释，就直接在电话那头炸了。

他一会儿说如果商务部不批准 SJV，前面的投入都白费了；一会儿又说他们现在还正在招研发工程师，第一轮面试已经开始了，现在这些工作都要停止了，等等。

接着，他说要把这件事马上汇报给 Juan Matino 和 Fabio Francesco，完全忘记了自己刚才给谢丽的承诺。

谢丽听着 Salman Khan 连珠炮般的反响，知道自己有可能捅了一个大大的马蜂窝，一阵不祥的预感涌上了心头。

结束了和 Salman Khan 的通话，谢丽焦躁不安起来，心里一直七上八下，无法集中精神做任何事。

犹豫再三后，她拨通了 Joanna 杨的电话，详细告诉了她自己和 Salman Khan 交流的内容。

果然不出所料，Joanna 杨听后非常愤怒，她指责谢丽太不专业了，说一切后果要谢丽自负，还语气严厉地说如果 Fabio Francesco 问起来，她就说是谢丽在编造故事。

谢丽的肠子都悔青了，但现在无论做什么都于事无补。尽管她一再向 Joanna 杨认错，但 Joanna 杨从头到脚都被愤怒占据了，她不愿再听谢丽的任何解释，一个字也不想再听了！

Joanna 杨认为谢丽虽然有时不太懂中国的人情世故，不过至少专业没得说。随着 SJV 筹建工作的展开，她也看到了谢丽的工作能力。尽管对她有成见，但对她当初的好感也在慢慢修复。

关于 SJV 批准暂停这件事她之所以让谢丽保密，是因为新力电气那边在通过自己的关系尽力施加影响，而且她也相信新力电气的领导们有这个能力去影响。所以，在她看来，暂停是真的暂停，说不准什么时候就疏通好推进了。

还有一个原因，她是非常要强的。她刚回来，很希望给新事业部全球管理层留下好印象，无论遇到什么挑战，没有她搞不定的。

所以为了让 SJV 能顺利推进，她变得比以往隐忍，和不喜欢的常国立联手协同去谈判，放下身段并打破自己的生活规律陪新力电气的孙部长深夜在酒吧喝冰酒，陪她聊女人之间的话题。

现在倒好，谢丽犯的这个低级错误把自己苦心经营的一切都打乱了！全球 CEO 会怎样想她？Fabio Francesco 会怎样看她？

进行了一半的合资公司被叫停，就像俗话所说的煮熟的鸭子飞了，他们很可能认为这是她的无能。就算她是 DF 的老员工，她也丢不起这个脸！

她既愤怒又郁闷，于是又拨通了 Harris 杜的电话。

第四十七节

谢丽接下来的一周都在惶恐中度过。

Harris 杜找她谈过一次话，很严肃地指出她所犯的错误。随后就说，如果她和 Joanna 杨合作有挑战，可以考虑转部门。

Harris 杜说目前两个机会，HR COE（人力资源专家中心）那边在找一个高级薪酬经理，能源转换事业部的 HRBP（人力资源业务伙伴）生了重病，要休长病假，她可以过去那边工作。后面这个岗位有 6 个直接下属，公司氛围好，对她来说是个不错的去处。

心情低落的谢丽谢过 Harris 杜的好意，表示不考虑转部门，她不愿就这样灰溜溜地离开。同时，她真的爱工业能源这个团队，也希望通过自己的努力获得 Joanna 杨的认可。

她还记得 Joanna 杨刚来的时候，她对这个姐姐说有 Harris 杜这样的上司，加上有她这样的总经理，她觉得自己是最幸运的 HR！难道要她因为一个错误和挫折就放弃吗？不，她不会，她一定要证明自己！

很快，谢丽就从业务发展经理 Mia 沈处获知了好消息，商务部最终通过了 SJV 的审批，一切工作又可以按计划推进了。

随着人力资源经理和研发总监这两个岗位的Offer（邀约）发了出去，SJV总经理由Joanna杨暂时兼任，财务副总监、法务经理和IT主管也纷纷确定了候选人，目前正在谈Offer（邀约）的过程中，剩下就是生产总监了。

谢丽挑了3个候选人给Joanna杨看，Joanna杨都表示说还差一点儿，比不上她原来公司的生产总监，说问问看自己那个下属，看他愿不愿意去西安工作，毕竟他的家人在福建。

一周之后，谢丽从Joanna杨那里收到了简历。

Joanna杨原来的下属叫Arthur赵，浙江人，毕业后就一直在福建工作。他曾在台资公司做过生产主管，后来在一家美资工厂先后任生产经理和厂长。

后来Joanna杨成为那家美资公司的CEO，他也被晋升为生产总监，在自己上任的第一年就在成本减少20%的基础上把产能提高了35%，Joanna杨非常欣赏和信任他。

谢丽先电话面试了Arthur赵，觉得他的确不错，又在Harris杜的要求下让能源管理集团的生产制造总监和他谈了谈，也觉得很好，于是把他推荐给了工业能源全球生产制造副总裁Benson Whock。Benson Whock通过电话和Arthur赵谈完，反馈也是非常正面的。

一天下午，Arthur赵突然打电话给谢丽，说公司不知道从哪里得知他在外面看机会，昨天人事部的人找他谈话，打算让他近期到日本去工作半年，回来后晋升一级。

谢丽知道，这是很多公司为了保留人才常用的 Counter Offer（反邀约）。她问 Arthur 赵自己的看法，他说他会比较两个 Offer（邀约）的情况再做决定。但是，他几轮面试都结束了，还没有收到 DF 的 Offer（邀约）。

谢丽明白他这句话深一层的意思是，如果你们不发 Offer（邀约）给我，我就接受现在公司的 Counter Offer（反邀约）了。

谢丽知道在西安当地是无法找到一个能与 Arthur 赵相媲美的生产总监的，在上海当地找一个派到西安去工作也不现实，所以这个 Offer（邀约）一定要尽快发出去。

她想起刚收到的 Benson Whock 的邮件，他在邮件里告知 Joanna 杨和谢丽，自己会在两周后到香港去办事情，希望能在香港再和 Arthur 赵面谈一次。

按照正常流程，给 Arthur 赵的 Offer（邀约）要等 Benson Whock 与他面谈后发放最为妥当，但她知道如果等到那时候，Arthur 赵应该会接受现在公司的 Counter Offer（反邀约），说不准已经到了日本。同时，她很清楚 Joanna 杨很看重 Arthur 赵，她不可以让这个候选人流失。

左右为难之际，Joanna 杨正好来到她的办公室找她谈事，于是她把Arthur赵跟她的电话内容告知了 Joanna 杨。

Joanna 杨问她的建议，她考虑到财务副总监的 Offer（邀约）也是在最后一轮面试前就发出，因为 Peter 袁对这个候选人很有信心，同时也希望她尽快到位，所以她建议参考这个做法，提前把

Offer（邀约）发给 Arthur 赵。

Joanna 杨同意了谢丽的建议，让谢丽尽快准备好 Offer（邀约），然后就爽快地签上了自己的名字，Arthur 赵自然也接受了 Offer（邀约）。

谢丽内心知道这样做有些冒险，不过为了保留住 Authur 赵这个难得的候选人，她甘愿冒这个风险。况且，Joanna 杨是这个岗位的直接上司，有着最后的决定权。

第四十八节

这是个风和日丽的周六，谢丽正在阳台上把洗好的衣服晾晒起来，一阵电话铃声响起，是 Harris 杜打来的。

Harris 杜说 Vicky 关准备在元旦后入职，让她提前把入职培训计划准备好。同时，他说如果谢丽能把 Vicky 关培养成为合格的人力资源经理，他会给谢丽 Role Model（行为榜样）的绩效评分。

Role Model（行为榜样）！这是员工绩效中最高等级的评分。为了 Vicky 关，Harris 杜真的是煞费苦心呀！谢丽心里这样想着，没好气地答应了，她心里是不舒服的。

照理说 Vicky 关入职后应该是向谢丽汇报的，但她动不动就去找 Harris 杜，连入职时间也是 Harris 杜来告诉谢丽，而不是她自己主动来联系谢丽。

还没进来就这样搞事，还要自己去调教她，把她培养成为合格的人力资源经理，那她拿着高薪来 SJV 是干什么的，来学习的吗？

谢丽越想越不舒服，打开 DVD 放上 *Sex & City*（《欲望都市》）这部她很喜欢的美国电视连续剧，排遣心中的烦闷。

翌日，谢丽正在做 Vicky 关入职的培训计划，电话铃响了，是 Joanna 杨打来的。

她记得 Joanna 杨现在美国开会，通常没有重要的事她是不会打国际长途来找自己的，想到这儿便赶紧接起来电话。

“Shirley，你为什么没有走完流程就给 Arthur 赵发了 Offer（邀约）？”Joanna 杨在电话那头气愤地质问道。

原来 Joanna 杨签完给 Arthur 赵的 Offer（邀约）后的第二天就去美国开会了，在那里她遇到了 Benson Whock。他向 Joanna 杨说自己很快会去香港办事，还想在那里和 Arthur 赵再面谈一次。Joanna 杨一听急了，因为给 Authru 赵的 Offer（邀约）已经发出去了。

尽管自己是生产总监的直线经理，是做最终决定的人，但 Benson Whock 这位全球生产制造副总裁的意见也是非常重要的，她不愿给他留下一个自己不尊重他的印象。更何况，SJV 建设的初期需要他指导的地方多的是，现在把他得罪了，将来可怎么合作呀！

同时，她又想到了 Frank 褚给的忠告，谢丽曾经有没经过总经理同意发出 Offer（邀约）的情况。谢丽！又是谢丽！这个人怎么总是给自己制造麻烦！她决定这一次不再放过谢丽，一定要给她一个深刻的教训，要让她痛彻心扉！

显然，Joanna 杨忘记了谢丽是和自己商量了这件事的，发出 Offer（邀约）也是自己同意并签字的。此刻，她被愤怒的情绪填满，不假思索地给谢丽打了这个电话。

“我走完流程的呀，你也签字了呀。”谢丽辩白道。

“Benson 还要和他在香港面谈后才能最终决定。你把 Offer（邀约）发出去了，他现在也辞职了，万一没通过面试怎么办？他怎么去养活那一大家子人？”Joanna 杨继续愤怒地说道。

“我暂时不会告诉 Benson 已经 Offer（邀约）了 Authur 赵，你也不要讲。你明天一上班就安排 Arthur 赵去香港的事，给他订和 Benson 一个酒店，把他的手机号码也给 Benson，让他们自己联系见面的时间和地点。”Joanna 杨发完指令，也不等谢丽反应，就挂了电话。

谢丽知道提前 Offer（邀约）Arthur 赵是有一定风险的，不过她是为了保住这个优秀的候选人。同时，每个和 Arthur 赵谈过的面试者包括 Benson Whock 在内对这个候选人的反馈都是正面的，而且提前发 Offer（邀约）这件事是 Joanna 杨自己同意并签字的，怎么说自己没有走完流程呢？

现在，谢丽整个人都蒙了，她耳边依然还在重复 Joanna 杨刚才说的每个字。

第四十九节

Joanna 杨的一通电话让谢丽从头到脚都感到透心的冰冷，她再也没有心情做任何事情。看已临近中午，便热了饭菜吃起来。

刚吃完饭不久，谢丽的电话又响了，是 Harris 杜打来的。谢丽还没有从上午的情绪中走出来，下意识地接起了电话。

“Shirley，你是怎么做事的？为什么违反招聘流程发 Offer（邀约）?!”Harris 杜在电话那头质问她。

谢丽一听就明白了，Joanna 杨把上午发生的事对 Harris 杜讲了。于是，她忍住自己的情绪，尽量平静地把事情的来龙去脉告知了 Harris 杜，还说可以把相关的邮件发给他看。

“你不要发给我，我不要看你的那些邮件。我告诉你，Joanna 杨非常 upset（生气）。如果我再接到她关于你的投诉，You'll probably gonna leave（你大概就该离开了）!”Harris 杜语气格外严厉地说道。

当 Joanna 杨打电话给 Harris 杜时，她的语气依然是愤怒的。

她没有告诉 Harris 杜给 Arthur 赵的 Offer（邀约）是谢丽和

自己商量过并获得她的签字后发的，只强调了谢丽在 Benson Whock 还没有与 Arthur 赵面谈的情况下就发了 Offer（邀约），不仅严重违反了招聘流程，还置自己于难堪的处境，让自己很难做人，她要求 Harris 杜处分谢丽。

Harris 杜听完她对谢丽的投诉，在觉得意外的同时也很生气。他一向相信谢丽的专业能力，也了解她做事细致谨慎，有时还开玩笑说她的风格像德国人，她怎么可能犯这样的低级错误！对了，他想起来了，Frank 褚在的时候谢丽就犯过这种错误，她怎么就不吸取教训呢?!

他开始生气了。生气谢丽这次做事的不严谨，也生气谢丽不能很好地管理 Joanna 杨，导致她经常到自己这里来投诉工业能源人力资源管理的大小事。如果很多事都要自己出面来解决，那谢丽在工业能源部存在的价值在哪里?

于是，他一改往日的温言细语，严厉地和谢丽对话，让她知道自己也生气了。

谢丽被“You'll probably gonna leave（你大概就该离开了)!”这句话震惊了，这是她从业多年以来第一次从自己的上司口中听到这样的话，以至于 Harris 杜最后劝她和 Joanna 杨再谈谈都没听见。

为了留住 Joanna 杨心仪的候选人，自己冒着风险发 Offer（邀约）给 Arthur 赵，没想到竟换来这样的对待。

尤其是 Harris 杜，他根本不愿多听自己的解释，不愿看那些证明自己没有做错的邮件，就威胁说如果再接到 Joanna 杨的投诉就要自己走人！可他昨天还为了 Vicky 关要给自己 Role Model（行为榜样）呀！看来 Harris 杜也已经不相信自己了，准备放弃了。

如果只有 Joanna 杨这样针对自己她是可以挺住的，因为还有 Harris 杜的支持。但现在连自己的依靠 Harris 杜都要放弃自己了，自己在 DF 还能待得下去吗？这一次，谢丽受到了前所未有的打击。

她呆呆地靠在沙发上看着屋顶，眼泪一直从她的双眼涌出。她无声地哭着，为自己受到的不公正指责，更为 Harris 杜对自己的误解和放弃伤心，她的心很痛很痛。

过了一会儿，她无力地掏出手机，给 Harris 杜发出了信息。信息的大意是 SJV 的人力资源经理马上就要到位了，DF 的 HR 团队也有降本的要求，鉴于此，她还是离开吧。

过了一会儿，Harris 杜的回复到了。他在短信里说“这个职位将来会放到西安去，我知道你不喜欢那里”。

谢丽感觉自己掉进了冰窟窿，原来 Vicky 关是招来替代自己的！想到除了美貌和会搞关系而对人力资源管理基本什么都不懂的 Vicky 关是自己的继任者，她就觉得头嗡嗡作响。

原来，Harris 杜早就放弃自己了，在决定 Offer（邀约）Vicky 关的时候就放弃自己了，难怪他当时会不留情面地说“她身上有你没有的”。

谢丽为自己感到悲哀，悲哀自己 10 多年的一流外企工作经验竟然抵不过一个花瓶关系户。同时她也为 DF 感到悲哀，如果 DF 更愿意选择这样的人在公司工作，这公司用不了多久可能就会遭受和雷曼兄弟公司一样的破产结局。

周一一大早，谢丽走进自己的办公室，她很快写好了辞职信，发给了 Joanna 杨和 Harris 杜。她算了算自己的年假，把离职日期定在了 12 月 31 日。

第五部分　别了，DF

第五十节

发出辞职信后，谢丽理了理自己的情绪，安排好 Arthur 赵去香港的事，然后着手处理其他的事情。

中午的时候，她给 Wendy 王打了电话，约她晚上吃饭，说有重要的事告诉她。

晚上见到 Wendy 王后，谢丽把自己从 DF 辞职的事及前因后果告诉了自己的闺密。

“你怎么就这么轻率地做了决定?”Wendy 王的语气有些严厉，她在为自己的朋友担心。

“这也算不上轻率吧，我老板都已经说让我走人了，我难道还死皮赖脸地待着，让他们找个理由来解雇我？况且，我也不能保证 Joanna 杨以后就不会投诉我了。”谢丽解释道，声音很低，情绪依然低落。

“实在和她合不来，你可以申请 transfer（调部门）嘛，上次你老板不是说有两个机会让你去的吗?”Wendy王提醒道。

是呀，她可以申请transfer（调部门）的！当时自己只顾着沮丧和悲哀，怎么就没想到这个方案呢？但转念一想自己已经提出了辞职，Harris杜是否还愿意给自己机会调部门呢？何况现在还有降本要求，自己是否又能拿得到机会呢？谢丽想到这里，刚转好的心情又继续低落起来。

“我试试吧。”她不置可否地说。

“你呀，就是太情绪化了，以后这个毛病要改。你想想自己为什么要放弃澳洲的身份回来，为什么要进DF，以后不可以这样了!”Wendy王继续劝自己的闺密。

又过了两天，谢丽见Harris杜对自己提出的辞职信没有回复，就跟他提希望调部门的事。

“You are done with Industrial Energy! Certainly, I encourage you to go through the internal opportunities and look for suitable ones.”（你在工业能源的服务已经结束了！当然，我鼓励你在内部寻找适合自己的机会。）Harris杜的回复一如既往的简短。

透过这些文字，谢丽也能感觉到他言语中的斩钉截铁。她明白了，Harris杜是真的放弃自己了。她不愿再自取其辱，写邮件再次向Harris杜确定了自己的离职日期，并让他尽快派人来和自己交接工作。

很快，Harris杜回了邮件，说自己在美国开会，会把这件事告诉工业能源全球人力资源副总裁Susan Palmer，同时会尽快安排人来和她交接。

其实，Harris 杜并没有真正放弃谢丽。他曾尝试着和 Joanna 杨沟通，希望她能让谢丽继续留在工业能源工作。但无论他怎么劝说，Joanna 杨都不答应，她铁了心要赶谢丽走。所以他只能告诉谢丽，她不可能在工业能源继续工作了。

他也知道谢丽热爱 DF，只是现在不是一个好时机，前面的两个机会都有人了，加上现在降本的要求，他自己的团队已经没有空缺。因此，他建议谢丽看内部的其他机会。

同时，通过这一系列的事件，他看到了谢丽的不成熟和局限。如果谢丽因为找不到内部机会而离开，这对她来说也是个很好的教训，毕竟她现在的能力和状态要在 DF 往上发展的可能性不大，DF 毕竟是个“brutal animal（残酷的公司）”。他站在自己的位置上，能看到下属们看不到的内耗和办公室政治，这里就是一个没有硝烟的战场。

就让她再练练吧，Harris 杜这样想。

第五十一节

3 天后，谢丽接到了 Harris 杜发来的邮件，说已经任命了 Helen 董作为新的工业能源 HRBP（人力资源业务伙伴），很快会来和她交接工作。过了一会儿，Helen 董就来到了她的办公室。

Helen 董是新成立的能源质量控制事业部的 HRBP（人力资源业务伙伴），是使人一眼就能感觉到她身上的精明玲珑的人。

她一开口就说谢丽的离职是工业能源的损失，DF 从此少了一个忠臣，太可惜了之类的话。谢丽笑着听她说，并不做回应，只是把做好的交接文档打开，待她说完后给她讲解。

Helen 董边听谢丽讲解，边做记录，待结束时，3 个小时已经过去了。

“别看你们 BU（事业部）小，事情的复杂程度不亚于一个大事业部！我需要时间消化消化。”Helen 董收拾好自己的笔记本，感叹道。

“你先自己看看，有什么不清楚的随时问我。”谢丽笑着回道。

一周很快就过去了，还剩下一周就是 12 月 31 日了。

这期间有几个 HR 团队的朋友，包括 Jennifer 焦给谢丽介绍了一些机会，要么是级别偏低，要么是不太合适，再加上情绪不高，谢丽没有去面试任何内部的机会。此时，Harris 杜也从美国回来了。

周一早上，谢丽发现 Harris 杜在约好的会议时间并没有出现，正准备打电话提醒他，就看见穿着红夹克的 Harris 杜出现在走廊上。

待 Harris 杜在对面的椅子上坐下，谢丽看见他的脸有些蜡黄，头上似乎又多了几根灰白的头发，给人的感觉非常憔悴。

谢丽不觉心疼，递给他一瓶矿泉水，问他出了什么事，怎么显得如此疲惫。

Harris 杜喝了口水，低头说最近工作压力大，Helen 董最近也因为不能很快上手工业能源的工作而焦虑，所以昨晚没睡好。

谢丽心里百感交集。不知不觉间她已经把 Harris 杜当成了自己要好的朋友，看到这种情形，换做以前她肯定会毫不犹豫地让他告诉自己有什么可以帮忙的，并会尽自己的全力去帮助和支持他。但还有一周自己就要离职了，自己也有心无力。

两人继续开会，谢丽把自己正在着手的工作以及和 Helen 董交接的情况都详细跟 Harris 杜做了介绍。Harris 杜认真地听着，并快速地做着笔记，随后就回自己办公室去了。

下午，Harris 杜打来电话说有事找谢丽，让她到自己办公室来。谢丽刚到 Harris 杜办公室的门口，见他做了个关门的手势，于是顺势把门掩上了。

"常欢刚才打电话来问起你离职的事，我说你和姐姐吵架了，不想留在 DF 了。"Harris 杜停下手里的工作，半开玩笑半认真地说。

"你知道根本不是这么回事，我并非真正想离开 DF。"谢丽委屈地辩解道。

同时，她没想到，自己的离职竟然引起了 DF 中国区人力资源负责人的关注，也许是因为自己也是她面试进来的人吧，她这样给自己解释。

“我想请你帮一个忙，你知道 Helen 董现在因为工作的事焦头烂额，而且马上就要做绩效回顾了，你对工业能源的情况最熟悉，你可以多留两个月帮帮她吗？等做完绩效评估和薪酬调整再走？”Harris 杜顺着谢丽的话，走到她的面前，笑盈盈地问道。

谢丽再次想起了 Harris 杜早上憔悴的面容，她又一阵心疼，点头答应了。

“You are my girl!”（你是我的女孩！）Harris 杜情不自禁地把手轻轻搭在谢丽的肩上，柔声说道。

对于这句话，谢丽不会多想。她知道 Harris 杜只是表达一种感激和亲近之意，正如同他经常在办公室叫同事“亲爱的”，尤其是对女同事，这是中西混搭的称呼，意在表示关系的亲近。

Harris 杜知道自己提出这个要求谢丽一定会同意，他注意到了谢丽早上的眼神。

从他自身来说，他是不希望谢丽离开的。这个下属虽然不太精通中国人的人情世故，也时不时闯祸让自己去善后，但他承认这是一个忠诚能干的下属，和她一起工作可以不用太多提防。

同时，Helen 董比较年轻，要管理两个 BU（事业部）对她的挑战太大，恰逢年底是 HR 团队最忙的时候，于是就萌生了让谢丽多留两个月的想法。

既然决定再留两个月，那就用这两个月好好做，把最后一班岗站好，回到办公室的谢丽这样想。

第五十二节

谢丽的脸上又有了笑容，她再次将自己的全部精力放在了工作中，Joanna 杨似乎对她的态度也有所缓和。几个总监看到这个局面很开心，笑着对谢丽说她留下来真好。

Sunny 彭私下说，神人就是神人，不是什么人都能干她的活的。谢丽听闻后笑了笑，没多做回应。

只是，虽然 Joanna 杨对谢丽的态度有所缓和，但有一些重要的会议不让她参加了，因为谢丽两个月后最终还是会离开 DF 的。

又该到 SJV 去开会了，Joanna 杨自然不会让谢丽同去。但这次会议涉及人力资源管理方面的内容，Helen 董和 Harris 杜都走不开，如果谢丽不去，就没有人能就这部分内容与新力电气的相关领导们商议了。

谢丽苦着脸把这件事告诉了 Harris 杜，Harris 杜听完就说："她怎么能这样对你！"，然后去找 Joanna 杨谈话了。随后，谢丽便和 Joanna 杨一行人一起去了西安。

工业能源全球生产制造副总裁 Benson Whock 也来西安参加会议了，他并不知道谢丽已经提出了离职，笑着和她打招呼，说自己已经知道了她把 Offer（邀约）发给 Arthur 赵的事。

他说自己是认可 Arthur 赵的，希望和他在香港面谈只是想再确认几件事，提前发了 Offer（邀约）给他是没有问题的。

谢丽听他这么说，心里五味杂陈，酸楚中带着悲愤。她记得 Joanna 杨说过，暂时不会告诉 Benson Whock 给 Arthur 赵的 Offer（邀约）已经发出这件事，看来她把这个责任完全推给了自己。

想到这里，她记起了业务发展经理 Mia 沈曾对自己说过的话，说 Joanna 杨之前就爱让下属背锅。这次，轮到她了。

同时，她也记得在美国面试高管高潜候选人听到的那个词“DNA”（文化基因）。DF 是有着优秀文化基因的，在成长型价值观里，有一条高于一切的价值观“诚实守信”。这条价值观，在很多世界一流的跨国企业里都被采用。

回想这次事件，谢丽认为 Joanna 杨没有做到这一条。她既没有把真实的情况向 Harris 杜和 Benson Whock 反映，也没有守住她自己提出的暂时不告知 Benson Whock Offer（邀约）已经发给 Arthur 赵的要求。

在她的理解中，公司的高管们就是践行公司价值观的行为榜样，是公司文化基因的传播者和塑造者。而 Joanna 杨这次的表现，显而易见是不符合公司价值观要求的。

不过，她也能理解 Joanna 杨为什么这么做。除性格好强外，她毕竟经过了一个中国历史上特殊时期的洗礼。有过这样经历的人们，通常有着很强的政治敏感度，也非常善于自保。

只是，拥有这样行事风格的她，怎么成为了 DF 的高管，并还能在离开后被重新重金聘请回来呢？高管面试不是如此强调 DNA（文化基因）吗？谢丽困惑了。

中午吃饭，谢丽没有和 Joanna 杨坐在一起，而是和 Mia 沈及几个项目成员一起聊些琐事，她实在提不起兴致再去应付这个多面的姐姐。对了，她现在已经改口再也不叫 Joanna 杨“姐姐”了，而是称呼她的英文名字。

邵部长和谢丽已经很熟了，和谢丽下午开会的过程中明显感觉到谢丽的情绪不佳，就邀请她到自己办公室去喝茶聊聊。谢丽不想多事，找借口谢绝了。

临走时，她深深地和邵部长握了握手，在心里和这个开明的人力资源部长说再见。也许这次以后，他们不会再有机会见面了。

第五十三节

从西安回来，谢丽开始筹备工业能源在能源管理集团年会上要表演的节目。想着这应该是自己在 DF 的最后一次表演，她不觉一阵心酸。

她把自己的实习生 Vida 孙叫来，让她和自己及 Joanna 杨的助理 Dianna 邱一起商谈节目。讨论过程中，谢丽提起了自己大学时代获奖的舞蹈《焚心似火》。

这是电影《古今大战秦俑情》的主题歌，讲述的是秦国郎中令蒙天放和远渡东洋寻求仙药的童女冬儿跨越三世的凄美爱情故事，算是一部早期的穿越戏。这首主题歌非常能够反映故事的唯美，很适合跳古风舞。

Dianna 邱想了想说，如果只跳古风舞，似乎有些单调。

想起这段时间很流行穿越剧，谢丽灵机一动，提议把前段时间风靡的韩国歌曲 *Nobody* 和《焚心似火》组合起来跳舞，再适当加以服装变化，跳一个穿越舞。两个高参都拍手说好，于是年会的节目就这么愉快地定下来了。

谢丽和 Dianna 邱一起把商讨好的年会节目告诉了 Joanna 杨，Joanna 杨说本来想自己带着团队里的几个总监跳“忠字舞”，既然他们已经决定了，那就拭目以待吧。

得到这个回复，谢丽开心地领着 Vida 孙，并拉了几个商务团队的男士，在外面请了舞蹈老师来编 *Nobody* 的部分，《焚心似火》部分则是她自己的独舞。

年会如期举行了，在马来西亚出差的 Harris 杜也在年会开始前一个小时赶到了现场，集团和几个事业部的高管都分别给大家致辞，会场的气氛一片祥和温馨。

随着《焚心似火》悠扬的前奏响起，谢丽穿着买来的汉服翩翩起舞。此刻的她感觉自己就是冬儿，用舞蹈来向自己的爱人倾诉爱意和不舍。而这个爱人，就是DF 和工业能源的团队。她尽情地跳着、舞着，希望音乐永远不要停止。

音乐声终了，谢丽他们的舞蹈获得了热烈的掌声。她带着团队向台下鼓掌的人们行完礼，轻盈地走下台去，想穿过人群到换装区换衣服。

Harris 杜从自己的桌上起身，用自己的双手握住了她，笑着说："Good Job（干得好）！你看起来像个日本人！"

谢丽还没有从刚才的情绪中走出来，机械地回了句"谢谢"，就往换装区走去。

谢丽换好衣服，回到工业能源的餐桌，大家频频向她敬酒，说刚才他们的表演太精彩了，如果传到网上一定火。她起身和每个人都碰了杯，向他们致谢，喝下酒杯里的红酒。

这是多么可爱的团队啊！想着自己还有一个月就要离开，她不觉心下黯然。

年会快结束了，Harris 杜和几个高管换上了财神服，每个人手里都提着个礼物袋，给在座的员工们发礼物，并和在场的人合影。

谢丽远远地站在一边，脑子空落落地注视着这一片热闹的场景，觉得眼前的一切与自己无关。自己应该只是旁观者，而非参与者。

Harris 杜看见了站在远处的谢丽，走过来递给她一块巧克力，说自己一定要和她合个影做纪念。谢丽听到这话，又涌上了一阵心酸。

Harris 杜随口叫住了身旁的一个男员工，谢丽拿出自己的手机给他，请他为自己和 Harris 杜照相。

谢丽感觉到 Harris 杜把他的双手放在了自己的双肩上，那个姿势既像父亲对待自己喜爱的女儿，又像兄长对待自己的小妹。是的，应该是对待自己的小妹，他之前在谢丽面前提到过自己的妹妹，说她们俩的性格很像。

谢丽往 Harris 杜的身边倾了倾，仿佛这样就能感受到这个暖心上司的温度。

第五十四节

周一早上，谢丽想起 Vicky 关今天应该来 DF 学习，于是匆忙吃好早饭来到 DF 的办公室。

快到大门口时，一辆商务 SUV 从她身边疾驰而过。在大门入口处，谢丽看到了 Vicky 关姣好的面庞和 Harris 杜的脸。

Harris 杜把自己的工卡给门口保安看了看，保安直接放行。

看到这一幕，一阵酸酸的感觉涌上了谢丽的心头。

这辆 SUV 是公司配给 Harris 杜的专车，除了他自己用，就是给他家里人用。谢丽只坐过一次，还是那次从能源交换事业部办公室开会回来，和 Bonnie 曹一起搭的 Harris 杜的顺风车。

看来 Harris 杜对这位 Vicky 关真的是特别上心，不仅用自己的专车接她，竟然违反公司的安保规定让她长驱直入，连入门证都没办。谢丽心里愤愤地想着，进到了办公大楼。

她穿过大楼的走廊，在等电梯的时候遇到了 Helen 董。一看时间还不到 8 点，谢丽知道 Helen 董平常很少这个时候到公司，就笑着问她今天为什么到得这么早。

“老板不是说早上 8 点和 Vicky 关开会吗?”Helen 董看着谢丽奇怪地反问道，谢丽一时怔住了。

Harris 杜是头天下午给谢丽打电话说 Vicky 关到上海了，住在离公司不远的酒店里，然后说让她第二天按照入职培训计划给 Vicky 关做培训，只字未提早上 8 点要开会的事。

精明的 Helen 董看谢丽这表情，马上明白了，赶忙说是自己搞错了时间，然后就下电梯走了。

谢丽当然也懂了，Harris 杜是故意不让自己参加这个会，一阵怅然的失落涌了上来。

谢丽摇了摇头，似乎想要驱散自己不快的情绪。是呀，自己很快就要离职了，干吗还这般计较呢?

她进到自己的办公室，打开电脑回复了几个邮件，Harris 杜的电话就打来了，说 Vicky 关到了，让她过去。

谢丽刚到 Harris 杜的办公室外面，就见到 Vicky 关在给办公室里的 HR 团队成员分发自己从西安带来的礼物。

见谢丽过来，她打开一包枣让谢丽挑。谢丽干干地说了声“谢谢”，借口说自己最近身体不舒服不能吃枣，搪塞了过去。

Harris 杜让谢丽进到自己的办公室，很严肃地吩咐她一定要按照入职培训计划教 Vicky 关，还说自己会一项项地检查。

谢丽虽然心里不情愿，但仍然笑着应承着。看见 Vicky 关身上依然没有佩戴访客卡，谢丽先把她领到保安处补办了相关手续，拿了访客卡，然后把她带回到自己的办公室。

带着 Vicky 关在工业能源团队绕了一圈，把她介绍给相关的总监、经理和员工后，谢丽把她领到会议室，打开培训文档里的文件给 Vicky 关讲解。

Vicky 关眼睛盯着屏幕，心不在焉地听着。一会儿打电话给西安办公室的司机说，让他给自己的宝马车去做年检，一会儿又吩咐家里的阿姨把才买的意大利进口泡沫浴缸多刷几遍，一定要注意清洁卫生。

见到此情此景，谢丽气不打一处来。这样一个只知享乐的花瓶，怎么可以把 SJV 重要的人力资源管理交给她?! 就算是关系户，也不能要这种人，Harris 杜究竟哪根筋搭错了?!

两个小时下来，Vicky 关已经闷得不行，直叫累要休息。见她这样，谢丽也没心情再讲下去，说自己会把相关文件发给她，让她自己先看看，有什么不懂的再来问自己。

用 U 盘把文件拷贝给 Vicky 关后，谢丽多了个心眼儿，把刚才的文件压缩了，用邮件再发了一次给 Vicky 关，并抄送给了 Harris 杜。

事实证明谢丽这样做的确很聪明。下午，Harris 杜就把她叫到自己的办公室，说 Vicky 关投诉她不教自己，一天下来什么也没学到。

谢丽把上午分享的情况做了说明，说自己把应该给她的文件、资料全给了她，有邮件为证。

Harris 杜很快在自己的邮箱里找到了谢丽发给 Vicky 关并抄送自己的那份邮件，面色铁青，一句话也没有说。

第五十五节

过了两天，Vicky 关去能源转换事业部的合资工厂参观，谢丽之前已经和那边的相关人员打好了招呼，Helen 董也会陪同她前去。但合资工厂在奉贤，此刻交通就成了问题。

谢丽去找 Harris 杜，建议让他用自己的 SUV 送 Vicky 关去合资工厂。

谢丽是故意这样建议的。她已经见过 Harris 杜对这个美女上下班车接车送，殷勤程度让不知道的人还以为 Vicky 关就是他的热恋女友或是刚结婚的太太。

所以，她提出了这个建议，猜想 Harris 杜肯定会欣然答应，这样也可以为公司节约打车钱。

出乎她的意料，Harris 杜没有答应，而是让 Vikcy 关她们自己打车去奉贤，出租车费回来报销。

Harris 杜其实已经意识到了自己行为的不妥。他不仅从谢丽的表情上读懂了她的言下之意，也听到了自己团队里几个女孩子的嘀嘀咕咕。

他是非常喜欢 Vicky 关，但两个人都有家室，他不愿这些风言风语传到自己太太的耳朵里，引起不必要的家庭纠纷。

Harris 杜的太太和他以前是公司的同事，后来也在 DF 的家用电器消费品事业群工作过，比他大 6 岁，是一个离过婚的女人，当时还带着一个 7 岁的男孩。他对她是一见钟情，不顾家里人尤其是思想传统的父亲的强烈反对，和她结了婚。

婚后两人生活十分甜蜜，一年后有了自己的小孩。为了照顾家庭，本来事业心很重且很能干的太太辞去了工作，从此在家相夫教子。

他非常爱自己的太太，就此担起了养家糊口的重担，这也是他后来收敛自己的锋芒，能够沉下心来在 DF 谋得一席之地的原因之一。

在 Helen 董和 Vicky 关走后不久，谢丽收到了 Harris 杜的邮件，这封邮件是他发给能源管理集团所有 HR 团队成员的。

邮件中，他欢迎了 Vicky 关的到来，并要求每一位成员都要“do your best”（尽你们的最大努力）来帮助这位新到来的成员。

谢丽看到这封邮件觉得非常奇怪，Vicky 关是 SJV 的人力资源经理，而且据孙部长后来的确认是他们派遣过来合资公司的，她怎么可能成为 DF HR 团队的一个成员？看来，Harris 杜对她的确是特别上心，什么都要给她最好的！

对于此，Harris杜用自己的第一个儿子来做比喻。他说虽然大儿子不是自己的，但自己对他比对自己的亲儿子还好，以此来建立起家庭应有的亲情。他的大儿子也很懂事，和自己也很亲，一家人非常和睦。谢丽听后不置可否，并不完全相信他的解释。

这天吃了午饭，谢丽带着Vicky关去到培训中心参观，一路上她没话找话地和谢丽聊天。一会儿说新力电气是她能在西安找到的最好的工作了，一会儿说要向谢丽学习英语，最后提到当天是自己的生日。

谢丽终究是善良的，说要给Harris杜说，让大家给她过生日。她突然脸红了，先是让谢丽不要讲，后来又半推半就地同意了。

下午和SJV的几个总监开会，一向善于做表面功夫的Vicky关表现得很不正常，时不时地走神儿。每次她叫那几个总监的名字时，都称呼他们为"Harris"。意识到自己的口误后，Vicky脸上涨得通红，久久不能散去。

谢丽静静地观察到了这一切，作为同样是女人的她，心里已经明白了七八分。

她能理解爱美之心人皆有之，也能理解Harris杜对这个美女的倾慕，但如果只是因为美貌和背景就给不合格的人Offer（邀约），让她进到SJV，并用DF最好的资源来培养教习她，同时还要求大家尽最大的努力去帮助她，把她应该做的工作分给了自己团队的其他成员，谢丽就无法理解了。

在谢丽心中，Harris 杜虽然圆融甚至可以说是周正圆滑，并且还有时“和稀泥”，但还是有自己的做事原则的，尤其是人员选择方面。她曾听招聘团队的人说，Harris 杜招人的要求很高，有时招个人需要半年左右的时间。

所以，她真的不理解为什么这次 Harris 杜放弃了做事的原则。除非，他和这个 Vicky 关的关系已经有了质的变化。如果真是如此，那他就太不专业了，也不配做 DF 的人力资源高管。

谢丽心绪纷乱，不愿再深想下去。

第五十六节

又到了一年一度的绩效评估，今年整个 DF 的绩效评估是利用线上的软件来做，这对谢丽来说也是第一次。

为了确保 Joanna 杨能顺利与全球 CEO 和人力资源副总裁 Susan Palmer 沟通，谢丽自己在线上已经做了很多次尝试，把相关的信息和文件输入了系统后，并在 Harris 杜的建议下准备了线下的 PPT 文件。

临近中午前，谢丽和 Joanna 杨过了所有的相关文件，Joanna 杨称赞她很有想法，做得不错。

下午 2 点，Harris 杜、Helen 董和 Joanna 杨先后来到了会议室，他们是为了下周一晚上的工业能源中国绩效汇报会议做预演的。

当谢丽打开系统对其中的一部分内容做呈现讲解时，Joanna杨忽然面色一沉，高声叫停，质问道："Shirley，我不同意你讲的这些。还有，你为什么没有得到我的同意就把这些内容放进了系统！"

"Joanna，这是你吃午饭前看过并同意的，你当时还说我做得不错！"谢丽见她又故伎重演，也不管不顾了，和她争辩道。

Harris杜看到剑拔弩张的气氛，做了个手势让谢丽不要再讲话了。

他先温言细语地安抚了Joanna杨的情绪，然后建议说今天的预演就到这里，让Helen董接下来根据她的意思重新做一套文件，然后再开会把内容确定下来。

看到这三个人你来我往地谈论着，谢丽觉得自己的存在是多余的。是Harris杜要求自己留下来的，她答应留下来也是为了帮助他和Helen董缓解工作上的压力。此刻的她感觉自己被出卖了，心开始一滴滴地流血。

她不知道自己是怎样走出会议室的，唯一的念头就是她必须尽快离开这里，越快越好！

她给Harris杜打了电话，说有重要的事要和他谈，然后就急匆匆地走到Harris杜的办公室，告诉他自己刚才的感受，并说出了自己想尽快离开的想法。

“当初让你多留两个月的确是我的要求，这样你找工作也方便。这样吧，你春节以后就不用再来了，我可以多付你一个月工资。”Harris 杜听她说完，慢悠悠地说道。

“我可以多付你一个月工资！”听到这里的谢丽觉得一股热血涌上了自己的头顶，感觉自己受到了莫大的侮辱。

原来 Harris 杜是这么看她的！她才不会为了一个月的工资留下来！

头忽然一阵眩晕，谢丽知道有可能自己的血压上来了。在澳洲时的她身体一直很健康，沉重的工作压力让才加入 DF 三个月的她患上了高血压，从此需要每天服药来保持血压的稳定。

她不想再做更多的争辩，说自己会留到下周五，也就是 2 月 1 日，这样可以早点回老家过春节。

回到家里，谢丽给 Harris 杜写了一封长长的信。

在信中，她陈述了自己对 DF 这份工作的热爱，也反省了自己工作中的不足，说如果有机会可以重来，她一定会比现在做得好很多。

然后，她也指出了下午他对自己所说的话是对自己的侮辱，自己不是为了钱而留下来的，并表达了自己的失望。

最后，她说自己把他当成倚重的朋友，他这样做不仅会失去一个愿意和他长期一起共事的同事，还会失去一个真诚的朋友。

Harris 杜当天很晚才看到谢丽给自己的邮件。读完那封长信，他的内心犹如波涛在翻滚，久久不能平静。这一晚，他失眠了。

第五十七节

时间过得很快，还有两天就是谢丽在DF的最后工作日了。所有的工作都交接出去了，无事一身轻的她坐在办公室里清理自己的私人物品。

她的双眼落在了一只冰花釉的瓷象上，这是Harris杜送给她的。那次她在Harris杜办公室里看到了这头象，觉得非常精致，喜欢得不行，Harris杜就顺势送给了她，说是奖励她的努力工作。

再次看到这头象，想到自己很快就要离开了，眼泪不自觉地浸湿了她的眼眶。她决定把象还给Harris杜，她不想让自己以后看见它又一次伤心。

Harris杜看到谢丽送回来的瓷象，听到她有些呜咽的解释，他的眼圈红了。不仅因为他见不得女孩子哭，还因为自己的无能为力。

谢丽从Harris杜的办公室回来，看到邮箱里有一封告知自己获奖的邮件。仔细一看，原来是工业能源全球人力资源副总裁Susan Palmer嘉奖自己在组织调整里所做的贡献，提名了“Inclusive”（包容）这个价值观的奖项。

谢丽看完这封邮件，心里泛起一阵阵悲凉。

这时，一个销售工程师敲门进来。他的座位在谢丽办公室的外面，经过时看她一个人边流泪边收拾，就进来陪她说话以疏解她的情绪。

一年多相处下来，大家都很喜欢这个热情、工作认真，又愿意帮助大家的 HRBP（人力资源业务伙伴）。现在她要走了，尽管在 DF 见惯了人来人往，但依然有些不舍。

这个销售工程师陪谢丽说了会儿话，安慰她说不一定什么时候她又回来和大家做同事了，让她不要太伤心。谢丽知道这个同事是好心，渐渐止住了泪水。

谢丽收拾完自己的物品已是快晚上 9 点了，她关了灯，拖着电脑箱上了电梯，准备回家去。

电梯下到一楼，一个黑影进来，差点和谢丽撞上。谢丽定睛一看，原来是西装笔挺、手拿笔记本电脑的 Harris 杜，谢丽猜他可能刚和美国开完视频会议回来。

Harris 杜的确刚和美国的同事开完会，脑子里想着刚才结束的会议，没想到这么晚电梯里还有人，还差点和这个人撞上，惊得他一口气没喘上来，手扶着电梯门做深呼吸。

“差点和你撞上了。”谢丽笑着说，准备出电梯。

但此刻 Harris 杜仿佛被施了魔法，站在电梯门口一动不动地深深地看着谢丽，谢丽自己的眼睛仿佛也被什么拽住了，静静地和 Harris 杜四目相对，一种别样的空气在慢慢地滋生。

“我还要开会，你先回去吧。”还是 Harris 杜先反应过来，他轻轻地拍了拍谢丽的肩，笑着摁了楼号，回自己的办公室去了。

回到家里，谢丽还在回味着刚才与Harris杜的四目相对。

在她眼里，Harris杜是暖心的上司，也是自己倚重的朋友。虽然和他在一起很轻松，可以不设防地聊任何事情，不过她从来对他没有别的想法。

记得一次在西安出差的时候，Harris杜问及她对未来老公的设想，在她作答之后，他还说谢丽的要求很高，这样的要求找成熟的老外比较合适。谢丽虽没做肯定的答复，心里也同意他所说的。

现在，因为那一刹那，谢丽的心开始慌乱了，她意识到自己对Harris杜的感觉开始有了变化。

不行，不可以！他是有家室的人，自己只能与他做朋友！她提醒着自己，心情纷乱地睡去。

第五十八节

2月1日不早不晚地如约到来了，这是谢丽在DF工作的最后工作日。她把离职清单打印出来，把电脑及其他办公设备还给了相关部门。

Joanna杨的助理Dianna邱和电网设备部销售总监David黄一

起进来，说中午大家一起吃饭，在欢迎 SJV 几个总监的同时也欢送她。

谢丽笑着说中午早就约了别人吃饭，就不参加了。其实，她并没有约任何人吃饭，只是没有心情去吃这顿饭而已。

过了一会儿，Ellie 申给她打了个电话，她因为最近工作忙，听常欢说起才知道她要离职了。谢丽简单地解释了前因后果，Ellie 申听完没多说什么，只说了一句“你要向前看”，并让她和自己保持联系，就挂了电话。

午饭后，谢丽把门卡还给了行政部门，这是她离职清单里的最后一项。做完这项，就真的离职了。

她先去到 Harris 杜的办公室，想和他告别。

Harris 杜见谢丽进来和自己道别，下意识地张开双臂，说：“来，抱一下！”

谢丽见他这个动作，开始一愣，随即心里涌起了浓浓的不舍。她鼓起了勇气，和 Harris 杜紧紧相拥。这一刻，她隔着 Harris 杜薄薄的衬衣感受到了他瘦削的身体，心里又一阵发疼。

Harris 杜轻轻地拍了拍她的背，对她柔声说：“Take Care（保重）！”

谢丽点点头，松开环抱他的腰的双手，笑着对他说：“你也是！”

和能源管理集团的其他 HR 团队成员告别完，谢丽打算回自己的办公室。Vicky 关这时走了过来，陪她走过去，还叫她和自己保持联系。

心里的剧痛让谢丽已经木然到无暇多想，只是机械地答应着。在 Vicky 关的陪同下，她拖着装着自己物品的电脑箱，笑着和工业能源团队的同事们道别，然后上了电梯，向公司大门走去。

这天的阳光特别好，一些人在星巴克点了咖啡，坐在室外的座椅上和同事谈工作。谢丽却感觉不到任何温度，她只是机械地拖着电脑箱，一步步地往前走，走出了公司的大门。

谢丽回到家，躺在沙发椅上，眼泪如决堤般地流淌了下来。此刻，她再忍受不住那撕心的疼痛，大声地哭出声来。

不知道过了多久，谢丽的眼里再也流不出眼泪了。她缓缓地抬起头，用温水洗了洗脸，整理起电脑箱里的物品。

她给哥哥打了电话，尽量用正常的语调说自己过两天就回成都过春节。

是的，此刻她最需要的就是家的温暖，正如《飘》里的郝思嘉，在她最沮丧、最绝望的时候就会想到陶乐庄园，她可以在那里重新坚强起来，面对一个又一个接踵而至的挑战。

她也如此，她要回家，然后，再次踏上生活给她的跌宕之路。

后记

谢丽后来再也没有机会回到 DF 工作。离开 DF 后她在另外两家小型外企工作过，然后成为了组织发展和人力资源管理顾问。

Harris 杜后来参与了 DF 历史中最大的一次战略收购，成为 DF 一个大集团的高级人力资源总监。但因 DF 的战略重组，Harris 杜也在 5 年后离开了 DF，先后在两家民企任职 CHO 和人力资源副总裁。终因不适应民企的风格，以及自己的健康因素，提前退休了。

Joanna 杨后来成为智能电网事业部亚太区的总经理，后也因内部政治斗争，DF 没有和她再续签劳动合同，她后来在一家小型欧洲公司任职中国区总经理直到退休。

Vicky 关因为能力不够，同时有合规方面的问题，在 SJV 工作两年后被退回新力电气。

Ellie 申后来被一家大型民营企业挖走，担任该民企的 CHO，事业更上一层楼，而且在这家民企有了不少建树。

DF 后来因为几次战略决策失误，加上严重的官僚主义，业绩一蹶不振，濒临破产的边缘。5 年后，全球 CEO 被外部来的 CEO 替代，几个关键的事业集团被拆分各自上市，再难恢复往日的辉煌。